もとみん家の絆ライン

HIROTA Yukiko
広田雪子

文芸社

推薦のことば

名古屋大学医学部准教授　水野隆史

がん医療の進歩によってがんを克服する患者さんがいる一方、病気の進行によってお亡くなりになる方も未だ多くいらっしゃいます。広田さんは私より年上のいわば〝人生の先輩〟であり、診察室やベッドサイドで交わす何気ない会話の端々にも自らが生きてきた人生の深みや我々医療者に対する気遣いさえ感じさせる温和なお人柄の患者さんでした。

現在、ＬＩＮＥなどのチャットツールを使用してご自身の病状や治療内容をご家族や親しい方とやりとりすることは珍しくありませんが、そこで交わされる私的な会話の内容を我々医療者が拝見することはまずないかと思います。広田さんの主治医として読む『もとみん家の絆ライン』は、がん闘病の日々に交わされる会話の行間に漂う不安、喜び、悲しみ、受容といった様々な感情をリアルに追体験するだけでなく、主治医として発する言葉や態度が患者さんやご家族にどう聞こえ、またどう映っているかということを教えていただくとても良い教材となったと思います。

これからも〝がんとの戦い〟のガイドランナーとしての責任を新たにするとともに、一文を寄稿する機会をお与え頂いたことに感謝申し上げます。

令和6年6月

はじめに

　なんだか不思議だけど、うちのお父さん（夫）が亡くなってもう三年近く経ちました。去年の秋に三回忌も無事に終え、時が経つのが早いです。

　今は朝起きると、仏壇の写真に「おはよう」と声をかけるのが日課。お線香をあげたら、私の朝食用につくる青汁スムージーを半分お供えして飲んでいます。晩年にベッドを置いて寝ていた和室も、リビングのソファも生前のままです。お父さんが、その辺にいそう。お喋りはできなくても、私の話を聞いているのかな。

　うちのお父さんと私はお互い19歳で出会い、24歳で結婚し、結婚生活47年でした。二人とも喋るほうだけど、夫婦の会話というのはそんなになかったかもしれない。でも、がんが見つかってからの14カ月間は、スマホのＬＩＮＥでたくさん会話をしました。入院で別行動が増え、連絡を取り合う必要に迫られたからだけど、今になると、それが良かった。ＬＩＮＥなら会話が文字で残るし、あとで読み返しやすいよね。

　お父さんがＬＩＮＥを始めたのは、最初の入院をしたときです。突然「もとみん」という人からＬＩＮＥが入り、びっくりしました。看護師さんがＬＩＮＥの設定をして、可愛いニックネームもつけてくれて。それで私や子どもたちとＬＩＮＥのやりとりが始まりました。

それが本当に良かったんです。ＬＩＮＥを通して夫婦、親子のコミュニケーションが密になり、絆が深まったと思う。だんだん病状が厳しくなり、入退院を繰り返す中でもお父さんは家族と繋がれ、私も一人悶々と悩まずに済み、みんなの救いになったかな。

お父さんが亡くなってしばらく、涙を流している暇もなかった。役所や銀行のいろんな手続きだとかが次々出てきて、忙しすぎた。私は変形性膝関節症でリハビリに通っていたので、子どもたちに助けてもらったけれど、大変でした。

お父さんはエンディングノートを遺していました。「危篤状態になったら」「死後必要となる書類」「病院で死亡した時」など、いろいろ書いてあるのを見て、こんなことまで！と驚いたし、有り難かった。図書館にしょっちゅう行っていたので、そういう本を借りてきては、最後まで始末して逝かれた。病気のことは人に言わなかったので、訃報をどこまで出すかも全部指定してあり、知らせるとお返事もあり、それから今までご縁がつながっている方もいます。

私がやっと泣けて、身辺も落ち着いてきたのは一年以上経ってからです。そのとき初めて、

「お父さんとのＬＩＮＥはまだあるのかな、見てみようかな」

という気になれました。暇なときに久しぶりにアプリを開くと、懐かしかった。ＬＩＮＥは送ったら読み返さないけど、改めて会話を一つ一つ読んでいくと記憶が蘇ります。あんなこともあったなぁと、いろいろ思い出しました。

そのうち、ふと、

「これが消えてなくなったら、お父さんもどこかに消えてしまう」

という気がして、全部ノートに書き写すことにしました。一日に2、3ページも書いたら手が疲れるので、何カ月もかかりました。

でも、私のスマホは、お父さんの闘病中に機種変更したので、それ以前の会話は残ってない。それが残念で、お父さんのスマホにはあるかな？　と思ったのです。電源が入るかも分からなかったけど、充電したら再起動して、ＬＩＮＥも全部ありました。それを書いたら、今後は子どもたちとのＬＩＮＥも全部書き写すことにしました。私とお父さんのＬＩＮＥは入院中だけ、でも子どもたちとは普段もしていたから様子がわかるよね、と思って。

こうして家族のＬＩＮＥを全部書き写したノートを、改めて読み返したら、お父さんと最後に過ごした大切な14カ月間のことを、もっと詳しく思い出してきたのです。それを忘れないように、この先もずっと残るように、この本を作ることにしました。

人に見せるつもりのないＬＩＮＥだったので、人名をイニシャル等にして、大量の絵文字やスタンプなどはだいぶ省略し、多少の補足を入れましたが、内容は原文のままです。

私と家族をよく知る親友に、打ち明け話をするような気持ちで文章を書きました。縁あってこの本を読んでくださる方も、友だちの話を聞くみたいに、気軽に読んでもらえると嬉しいです。

また、みなさんが大切な家族の闘病や介護に直面するかもしれないときに、少しでもお役に立てるよう、とくに在宅介護で困ったことや役立ったことを書いたので、参考にしてもらえたらと思います。

広田雪子

目次

家族のLINE上の呼び名

父（お父さん、じいじ＝筆者の夫）
母（お母さん、ばあば、ゆっこ、私＝筆者）
娘（ゆかりさん、お姉ちゃん）、
息子（しん君）
Aさん（息子のお嫁さん）
孫のMちゃん（息子の愛娘）
くっちゃん（夫の兄）

第一章　最初の秋　～こんなに元気なのにがんは非情です～

大病知らずのお父さんが入院

最初は、「いつものちょっとした不調」だと思っていました。

うちのお父さんは70歳になるまで大病したことがなかった。長年勤めた会社を定年退職後もずっと元気で、いろんな職場で働いていました。ただ、若い頃から胃腸がちょっと弱く、たまに薬を飲んでいたかな。

２０２０年8月の終わり、お父さんはお腹の調子が悪く、近所のクリニックで診てもらい、薬を飲んでいたけど一週間経っても治らないので、別のクリニックに行ってみたら、と勧めました。お父さんはすぐ行き、いろんな検査をして、血液検査で肝機能の異常が見つかった。数値が高すぎるということで、クリニックの先生がびっくりして、

「すぐに大きな病院へ行ってください、紹介状を書くから」

と、お父さんに言い、先生は先方の病院と連絡をとり、週明けの月曜日に受診するよう

にしてくれたようです。

でも、この頃はマンション管理の仕事をしていたお父さんは、

「代わりの人に仕事の引き継ぎをしないといけないから」

と言って、月曜日は病院ではなく仕事に行き、火曜日の朝に紹介状を持って八事《やごと》日赤（名古屋第二赤十字病院）へ行ったのです。

紹介状を書いてくれたクリニックの先生には、「なんですぐ行かなかったのか」と、後でメチャクチャ怒られたらしいです。

9月1日（火）
【父から母へのメール】
10：31　有り難う！　今から最後の心電図です。終わったら戻ります
10：45　最後の心電図、生体検査が混んでいてもう少しかかります

これは八事日赤で診察前の検査を受けていたお父さんから、私宛に来たメールです。この頃お父さんはまだＬＩＮＥをしないので、連絡はメールだった。私の返信は残っていません。

このメールの直後に、お父さんから電話があり、
「入院することになったから、家族の人に来てもらってと言われた」
ということで、私もびっくりして八事日赤へ向かったのです。
病院でまだ検査が続いているお父さんを待ちながら、娘にＬＩＮＥで一報を入れました。

【母と娘のLINE】

母　13：12　今、仕事中だよね😞　お父さん今日から入院の予定。今、八事日赤にいます。お父さんはまだ検査の途中です。結果がわかればまた連絡します

娘　13：12　どこが悪いの？　何か手伝うことがあったら言ってね！

母　13：16　よくわからないけど肝臓から胆嚢管が狭くなって漏れているみたい。明日、管を通す手術をして、近くに腫瘍があるみたいだから詳しく検査している。今はMRIに行っているよ!!

母　13：18　血液検査で数値が異常なのがあって、紹介状書いてもらって今、日赤で検査中

母　13：19　今はコロナで家族でも面会が出来ないからね。とりあえず連絡します

母　13：20　日赤は広いから迷路みたいだよ！

娘　13:21　何も症状は無かったのかな？　腫瘍があるのがちょっと心配だね。また何か分かったら連絡してね！

母　13:23　1週間位前から体調は悪かったみたいで食欲無いとか言ってたよ。近くの病院で、血液検査で異常が見つかったんだよね

娘　13:26　今の時期だと夏バテと勘違いしちゃうよね！

母　13:29　検査、検査で飲めなくて、食べてもダメで、手術終わるまで点滴だけみたいだよ！　可哀相だけどしょうがないね!!

娘　13:29　ますます痩せちゃうね。頑張ってとしか言えないけど……。

娘　13:31　会社の人には何かしら話しておいた方がいいかな？

母　13:34　今は家族も面会できないから言わなくても良いかな。心配かけてしまうからね！

娘　13:34　そうだね面会できないもんね。なんともないといいね

母　13:51　今から家に一旦帰ります。今日から入院なので着替えなど取りに帰ります

娘　14:02　大変だけど宜しく！　何か手伝った方がいいなら遠慮なく！　実家に行った方が良ければ行くよ

母　16:02　今、家に帰ってきたよ！　着替えを持って病院へ行きます

家族の一員、ナナちゃん

母　16:05　朝9時くらいに病院へ行ってから、母は何も食べてないのに気づく!!
娘　16:21　お疲れさま。お母さんまで痩せちゃうね。ちゃんと食べてよ
母　16:39　お母さんは痩せた方が良いって言われてるけどね。お父さんの連絡待ちかな。ナナちゃんとふたりだよ。散歩に行けないけど暑いからいいか!?

すぐ息子にもメールした。病院へ行った日にまさかの入院で家族全員びっくりです。
ナナちゃんは家で飼っていた13歳の愛犬で、お父さんがお世話も散歩もして毎晩一緒に寝ていたので、お互いに淋しかっただろうね。

難しい所のがんみたい

急な入院から一夜明けた朝早くからお父さんのメールが来ました。初めての入院で落ち

着かなかったみたい。気持ちは分かるけどね。

9月2日（水）

【父から母へのメール】

6：56　まだ寝てるかな？　病室は快適な温度です。24時間の点滴で不便です。昨日はお疲れ様でした！　有り難う！

7：55　有り難う！　9時頃CT検査の予定です。早く良くなる為にも頑張ります

8：03　最初からそう思っています。自分では何もできないからね♪　ナナちゃんを宜しく

8：07　分かりました、何かあれば連絡します

11：28　今、胃カメラ、内視鏡の検査と治療を済ませ部屋に戻りました!!　苦しかったです。とにかくやれやれです。これから三時間安静

昼には勤務中の娘からも連絡が入りました。昼休みだったのかな？　わが家の子どもたちはとっくに成人して別々に住んでいるので、LINEは本当に便利です。

お父さんはこの日、詰まっている胆管にステントという細い管を入れて胆汁の流れをよくする手術をしました。

【母と娘のＬＩＮＥ】

娘　12：24　今日中に結果が出るのかな？　ナナちゃんの世話大変じゃない？
母　12：49　お父さんからのメールによると午前中にＭＲＩ撮ったり胃カメラしたり内視鏡をしてたみたいだよ。今は三時間安静だって。これから先生方が腫瘍をどうするか話し合って、もう一度手術するのかな？　今日は胆嚢に管を入れたのかな？　病院は居心地良いみたいだよ。クーラーは適温だし、看護師さんが時々来てくれるしね
母　13：01　日曜日ぐらい顔を見に行かない？
娘　13：06　面会はＯＫなのかな？　土曜日でもいいよ

母娘でそんな相談をしていた最中に、病院から大変な連絡が入ったのです。

母　13：11　今、（八事日赤の）先生から電話があって、がんみたい。胆管がん。これから手術のことは相談するみたいだけど、時間が取れれば一緒に先生の話を聞いてくれる!?今週中だと思うけど
娘　13：15　がんか……心配だね。もちろんいいよ！　いつか決まったら教えてね

母　13：17　お父さんには詳しくは話してないみたいだし、手術できない時は抗がん剤治療かな。難しい所みたい

娘　13：20　ますます心配。治療が長引けば本人も分かってくるかもね

母　13：23　まだ外科の先生と話してどうなるかは分からないけど、最悪のこと覚悟しておけば、成功したら良かったって思えるからね

この時点では、お父さんも詳しい病状を聞いてなかったと思います。でも、慣れない入院生活に戸惑い、不安だったのではないかな。

【父から母へのメール】

19：18　本当に大変です　身体を動かしていないとなまってしまいます。点滴が外されれば動けるのに。ナナちゃんは元気そうだね。もう少し待っててね♪　夜が長いです

19：50　確かにトイレ迄歩くのに足が重いです。軽く動かしていきます！　有り難う！

（孫の）Mちゃんから元気をもらっているから頑張ります!!　有り難う！

お父さんは病院のベッドで、「家族アルバム　みてね」というスマホアプリで可愛い孫

娘のMちゃんの顔を見て、心慰められていたのかな。「みてね」はAさんと息子が家族写真をアップしてくれていて、お父さんは全部の写真に必ずコメントを残していました。

【母と娘のLINE】

娘　20：13　さっきお父さんにメールしたよ。人生初めての入院だって。メールもできるし、思ったより元気そうで良かった

母　20：20　まだ点滴で、ご飯食べれないから可哀相だね。寝てばかりいると筋肉が減るから、ベッドの上でも足首や膝を動かしなと言ったよ。点滴持っても、身体がしんどくなかったらトイレへ行くふりしてウロウロしても良いしネ。動きたい人だから、じーっとしてるのもしんどいかもネ

娘　20：27　確かに寝てばかりだと筋肉落ちちゃうネ。点滴してると腕も動かせないしかしてないし

母　20：33　今度の土日、家に来る!?　金曜日でもいいけど。一人だといい加減な食事してるから心配ね

娘　21：02　いいよ！　金曜日は在宅（勤務）だから、仕事終わったら行くよ。台風来て

娘　22：02　ナナちゃんもお父さんいなくって寂しがってるかな。お父さんのありがたみ

わかるね
母　22：03　お父さんがしてたナナちゃんの世話やごみ出し、畑にも行かなきゃ。明日はリハビリ有るし、台風も来てるね
母　22：03　ナナちゃんはとても静かだよ。いつもの場所で寝ています
娘　22：07　お父さんいないから、布団で寝れないね
母　22：10　お父さんの布団の周り、ガリガリしてた！

今まで娘はあまり実家に来なかったけれど、この時からしょっちゅう来てくれるようになり、泊まって私の手伝いをしてくれるので助かるし、心強かった。

自分が一番若者だよ

新型コロナウィルス感染症で緊急事態宣言が出る頃の入院だったので、面会は基本的にできず、荷物の受け渡しは看護師さんに託すことになっていました。
お父さんは休むより動き回りたい人なので、入院して安静にしているのが退屈だったのか、メールがたくさん来ました。絵文字と「！」マークをちりばめ、ここに載せた何倍も

文章量がありました。

9月3日（木）

【父から母へのメール】

8：17　おはよう！　有り難うね、昨夜はトイレ回数も少なくよく眠れました。家にあるズボン下とパンツを頼みます。会社に出すレターパックを渡したいけど、どの様にすれば良いか聞いておきます。宜しく

12：34　今、昼食が終わりました。とろとろのお粥だったけど美味しかったです。牛乳、ジュースは洗濯物の袋に入れておくから飲んでください！

13：50　よろしく

14：17　天気が悪い中、有り難うね♪　足元に気を付けてゆっくり帰って下さい！　退屈していたから新聞ありがたいです

16：08　今度来てくれるとき、下駄箱に入っている黒いシューズを持ってきて下さい。看護師さんから言われた、転倒防止対策です

16：14　わざわざ買うのは勿体無いからそれで良いよ

16：38　この階には若者は見かけないよ。隣の人が84歳。今日入ってきた人は85歳のよう

です!!　自分が一番若者だよ
17:07　今日入ってきた人は膵臓がんで食事が食べられないようです。話し声が聞こえてくるから
17:10　ここは消化器内科病棟だから色んな人たちがいます
17:25　食べられることはありがたいことです。隣の人は入退院を繰り返している様子です。今後の対応で、明日、奥さんを呼んでいました!!
18:35　美味しくないけど完食しました
18:42　頑張ります
19:09　家族のためにも頑張ります!!

9月4日（金）
【父から母へのメール】
18:29　今、夜食を終えたところです。鶏肉の照り焼き、ツナと玉ネギの和《あ》え物、ブロッコリーの塩ゆででした
18:48　食欲はあるが、黄疸が出ているのが気掛かりです
18:58　そうだね。病室やトイレで見る面々の表情を見てると複雑です。ポジティブに考

えるようにしないとね
19：05　これからは漫才や落語のCDを買って聴こうかナ！
19：13　退院したら少しずつ好きな漫才師や落語家のCD聴くようにします。ナナちゃんは元気かな？
19：44　ナナちゃんのフィラリアの薬、23日飲ませるのだったけど体調が悪いときで覚えてません。今晩飲ませても良いよ

お父さんのLINE開通

入院後初の土曜日に、子どもたちと一緒に病院に行きました。コロナ禍のため病室での面会はできないものの、待合室のラウンジでお父さんと会えました。

そのとき、娘がお父さんのスマホにＬＩＮＥアプリを入れ、設定しようとしたけどうまくいかず、そのことを居合わせた看護師さんに言ったら、

「じゃあ私がやっておきますね」

ということで、さっそく設定をしてくれたんだって。そこから私宛に「もとみん」という人からメッセージが届いて驚きました。

9月5日（土）

【父と母の初めてのＬＩＮＥ】

父　14：59　若い看護師さんにやっていただいたよ♪

母　15：03　ＬＩＮＥ出来たね!!　看護師さんにお礼してね

父　15：05　分かりました!!　有り難うね

母　15：06　良かったね

【父と娘の初めてのＬＩＮＥ】

娘　15：00　ゆかり（娘）です。思ったより元気そうで良かった

娘　15：01　看護師さん、さっそく設定をしてくれたんだね

父　16：01　こういうことは若者に限るね。今日は来てくれて有り難う！

娘　18：16　また行くね。みんなで畑に行って、しん君（息子）たち帰っていったよ

父　18：18　多少収穫は出来たかな？

娘　18：23　ナス数本とミニトマト少し。みんな割れちゃっているね。もう収穫は終わりかな〜

父　18：26　じいじが元気になれば秋冬野菜の準備をしたいけど、もう少し先だね

お父さんは趣味で長年、家庭菜園をしていました。最初は私がやりたくて畑を借りて始めたんだけど、お父さんが自分でやりたくなって、いろいろ栽培していた。急な入院でお父さんが一番心配していたのは、愛犬ナナちゃんと、この畑のことだったのです。

その後、お父さんは息子ともＬＩＮＥを始めた。男同士の会話は簡潔だけど、こまめに連絡を取り合っていました。息子は忙しい仕事と子育ての合間を縫い、車で送り迎えしてくれ、お父さんの畑の世話をしに行ってくれました。

家族のグループＬＩＮＥを作れば？　という話もあったけど、結局やり方がわからなくて、家族それぞれ一対一の会話を続けました。

何もしなければ余命一ヶ月!?

「組織検査の結果が出たので、奥さんにも来てもらって下さいと言われた」

と、お父さんからＬＩＮＥが来て、主治医の先生と面談することになったのは9月8日でした。実は、その前日に病院の先生から私に直接、連絡が入っていたのです。

9月7日（月）

【母と娘のＬＩＮＥ】

母　11：37　仕事中にごめんね。今、病院の先生から電話があって、明日詳しい説明してくれるんだけど、４時30分に病棟のナースステーションの所に来て欲しいって。来れるかな。やっぱりがん細胞が見つかったって

娘　11：49　今、上の人が外出中で午後に帰って来るから聞いてみるよ。事情話せば大丈夫だと思う。まぁ詳しくは話さないけど、父が入院しまして……くらいの話でね

母　11：54　そうだね！　母一人では心配だからと言っといて

仕事がある子どもたちにも都合を合わせてもらい、お父さんと一緒に病院の先生から詳しい説明を聞きました。それによると、肝臓から出ている胆管に腫瘍があり、手術するには難しい箇所だと言うのです。当院では治療できないが、専門医のいる名大病院（名古屋大学医学部附属病院）に紹介状を書きます、ということだった。

父「がんですか？」

そう単刀直入に聞いたら、

先生「たぶんがんです」

という答えだった。そのとき、お父さんが先生に聞いたのは、
父「何もしなかったら余命はどれぐらいですか？」
先生「何もしなかったら一ヶ月くらい」
父「だったら何もしなくていい！」
　お父さんがそんなことを言ったから、先生が困ってしまって、
先生「ちょっと待って下さい、何もしなかったらということですので、名大病院に専門の先生がいるのでその先生の話を聞いて、それから決めてください」
　お父さんの病状は、腫瘍の影響で胆管が詰まり胆汁の流れが悪くなったことによる胆管炎で、入院二日目に胆管に管を入れるステント手術をしていました。組織検査の結果、腫瘍が悪性のがんだと分かり、今後の治療をどうするかは、専門医のいる名大病院に行ってからということになったのです。

9月8日（火）
【父と母のＬＩＮＥ】
父　18：44　今日はありがとう♥　くっちゃん（夫の兄）には連絡しておきました!!　名大に行く時にしん君（息子）が都合悪ければ、連れて行ってくれると言ってくれています。

くっちゃんの電話番号は＊＊＊＊です。何かあれば相談してあげて下さい
母　18：48　今、家に帰りました。ナナちゃん喜んで玄関まで出て来ましたよ。先生もしっかり説明してくれたし、看護師さん達も見守ってくれるし、なるべくいい方向へ行けるように考えようね
父　18：52　分かりました！　ナナちゃんもお風呂でキレイにしてあげたいけどね。くっちゃんからも励ましてもらいました、頑張ります!!
母　20：47　興奮して寝れないからね、ゆっくり休んで！　ゆかりやしん君や私が付いているからね。ナナちゃんもいるよ。ゆっくり休んでね
父　20：50　もう少ししたら飲もうと思っています！　有り難うね

お父さんは実兄のくっちゃんに電話して、がんになってもう会えないかも、みたいなことを言ったようで、くっちゃんは驚いてすぐ来てくれることになりました。

【母と娘のＬＩＮＥ】
母　19：10　今日はありがとうね!!　付いてきてくれて良かった。お父さん、何も治療しなくて良いなんてビックリしたけど!!　ある程度覚悟はしておいてね

娘　19：11　先生もナースさんも好い人ばかりだし、いい方向に考えておこうね

母　19：16　退院の日はしん君も来てくれるから、ゆかりさんは仕事だし来なくても大丈夫だよ。金曜日に来てね

娘　19：45　きっとお父さんも説得したら、考えも変わるかもね。娘としたら治療方法が有るなら少しでも長生きしてもらいたいけど……。金曜日には行くよ！

母　19：52　はーい、宜しくね!!　くっちゃんに連絡したみたいです。名大病院に行く時は、来てくれるみたいです

娘　20：23　おじさんも来てくれるんだね。名大病院へ行く日が決まったらまた教えてね

母　20：52　看護師さんが睡眠薬をくれたって。気を使ってくれてるね

娘　20：56　さっきお父さんからLINEで、睡眠剤もらったよって来たよ

母　20：58　きっと余命まで聞かされて動揺して興奮して寝れないのが普通だからね。口では納得してるみたいだけど、納得なんて普通出来ないよね!!

娘　21：04　本人は自宅療養で終わると思ってたみたいだからね……。現実を受け入れなきゃいけないけど、今まで何ともなかったんだから、なかなか難しいよね

母　21：07　決めるのは本人だから、本人が納得出来る方向で応援してあげようね

娘　21：10　そうそう、お父さんが納得するのが一番かな。色々協力するから皆で頑張り

ましょう
母　21：15　お父さんには、子どもたちも、勿論お母さんもだけど、ナナちゃんもついてるからねってLINEしといたから
娘　21：40　ありがとう。家族みんなで乗り越えて行きましょう
母　21：56　こんな（LINEの）スタンプもあるのね。「疫病退散」「大丈夫、大丈夫」
娘　21：57　お父さんにも送っておくわ。おやすみなさい

感謝しながら余生を送ります

がん告知を受けて、お父さんはかなり落ち込んでいました。私も同じ気持ちだけど、一所懸命励ましました。

9月9日（水）
【父と母のLINE】
父　8：22　おはようございます♪　起きているかな？　今、朝食を完食しました。こんな

に元気なのにどうして😫　という気持ちです。そろそろ先生が来られる時間です。

父　8：25　今朝、会社に退職依頼を報告しました。席を開けておくので必ず戻って来て下さいと言われ、嬉しいよね

母　8：27　今日は爽やかないい天気です。ナナちゃんにご飯作って、ナナも食欲旺盛です。ごみを出してから新聞を持ってきて今読んでいます

母　8：28　待っている人、いっぱい居るよ。頑張ろうね

父　8：31　ご苦労様です。昨夜の睡眠導入剤の効果はよくわからないです

母　8：37　寝れなかったの!?

母　8：39　寝る時は、寝る事だけ考えてね♪　色々考えると脳が活性化して寝れなくなるからね

父　8：42　睡眠導入剤を初めて使ったのでどんなものか知らずに、飲んだらすぐ寝れると思っていました。同室の人が気になって。朝方は寝れました!!

母　8：62　すぐに寝れたら、それは麻酔じゃないの？

9月10日（木）

【父と母のLINE】

父　8：17　おはようございます。朝食を完食したところです。こんなに元気なのにがんは非情です。昨夜は違う睡眠導入剤をもらい凄く寝れました

母　8：23　おはよー！　今日は日が照ったり雲ったりしてます。涼しいようで蒸し暑い。体調良さそうですね。まだがんは悪さをしてないですね。ずーっと今の状態が続けばいいけど。いつかは悪さをするからね、今の状態を感謝しなきゃ！

父　8：25　そうだね♪　一日一日を感謝しながら余生を送ります。宜しく頼みます。ナナちゃんに、お父さん帰ってくるよ、と言っといてね!!

母　9：18　余生か、いい言葉だね。もう70年余り使ってきた身体だから、現状を出来るだけ維持できるように私もがんばる。今日は1時からリハビリに行って来ます。良くはならないけどね、現状維持です

父　9：24　気をつけて行ってきて下さい。2時頃には来てくれるんだよね!!　宜しくお願いします

母　9：31　待っててね。ナナちゃんも待ってるよ

父　9：32　有り難う！

父　9：48　今、廊下で先生に会ったら、目の黄味が薄くなっているねと言ってくれました。ちょっとしたことが嬉しいね

母　9：55　うれしいね。いつも一緒にいても気が付かないけど、やっぱりプロは違うんだね

父　9：59　やっぱり言葉の力は大きいね♪　先生との面談後は涙もろくなりました。励ましに涙を流すことが多くなりました！

母　10：02　良いんだよ。それでまたお世話になるかも知れないし、その時は今より笑顔が出るようになればいいね

この日の昼前にお父さんは退院になり、息子に頼んで車を出してもらい病院へ迎えに行きました。帰宅すると、お父さんが仕事を辞めるので住宅ローンの支払いや保険はどうなるのか、息子が確認していました。私たち夫婦では気づかなかったことなので、

「男の子はこういうことに気づくのか」

と、感心しました。

【母と息子のＬＩＮＥ】

母　21：00　今日はありがとうね、もう疲れて寝てるかな。お父さんはゆっくりお風呂に入ってご飯を食べました！　やっぱり量的にはいつもの半分くらいかな。食べれるだけいいかな
息子　21：03　食事制限はないみたいだから良かったね。M（娘）の遊びに付き合っているから寝てないよ
母　21：07　パパは疲れているのに頑張っているね。今しかパパ、パパって言ってもらえないかも
息子　21：08　そうだねーきっと
母　21：09　今のうちに構ってもらいな
息子　21：10　そだね

親子の関係が密になったのかな

退院して家にいるので夫婦のＬＩＮＥはしない代わりに、娘や息子とは頻繁にやりとりしました。家族でこんなに会話をしたのは、子どもたちが小さかった頃以来かもしれない。いや、お父さんは子育てにあまり参加してなかったので、初めてかな。

仕事の休みになる週末には、娘も息子も家に来てくれました。お父さんが病気になる前はそんなに来なかったので、嬉しかったな。

9月11日（金）

【母と娘のLINE】

母　10：02　まだ暑いね。夜のごはんは鯖を買ってきてあるので、何か食べたいもの買っといで。お父さんは、くっちゃんを迎えに名古屋駅に行きました。車は危ないから地下鉄でおいでと言ってました。車の運転上手いのにね♪

娘　10：28　ムシムシするね。迎えに行ったんだ。退院早々、大丈夫なのかしら？

母　10：33　本人、今まで通り動けると思っとります。朝から段ボール片付けたり掃除機かけたり、無理するなと言っても聞かない。気持ちは元気みたいだからね

娘　10：53　急にどしゃ降り、いままで通りにしたいだろうけど、寝たきり続いていたんだから少しずつ、無理しないでほしいけどね

母　11：00　本当に、ゆかりさんからよく言ったったって

娘　11：09　頑固だからなー。ランチ楽しんできて！

9月12日（土）

【母と息子のLINE】

母　13：41　今日はもう来ないのかな!?　お父さん待っているけど！

息子　15：00　今から出るから、もう少し待って

母　15：08　ゆっくりでいいよ、お父さんもゆかりさんもナナちゃんも疲れて今お昼寝中です

息子　19：23　今日、図書館行きたいって言ってたけど、じいじの入院中の本とか？

母　19：25　そう、返さなきゃいけない本があったかと

息子　19：27　帰りに返せばよかったかナー。じいじがまた借りたいって言うなら、明日も休みだから行ってもいいけどさ

母　19：30　聞いたら、お父さんは明日歩いて返しに行くって言ってるけど、暑いし心配なんだけど。しん君から、無理せんように一緒に行ったげるってメールしたって！

母　19：34　家の中を片付けたり動いてくれるのは有り難いけど、退院したばかりで母は心配なんだけど！

母　20：26　有り難うね!!　午前中に行きたいみたいだよ

9月13日（日）

【母と娘のＬＩＮＥ】

母　8：35　まだ寝てるかな。昨日は有り難うね。納豆少しずつ食べれる様にするね。今日は朝から雨だけど、しん君が図書館に連れて行ってくれます

母　8：38　急に親子の関係が密になったような気がしますね。良いことです。良い子たちに育てて良かった。自画自賛です

娘　8：53　おはよう、健康に良いから少しずつ納豆食べてね

母　8：55　しん君は10時過ぎに来てくれる予定。しん君は、あくまで予定だから

娘　8：55　病気がきっかけだけど、いい関係じゃないかな。二人ともいい子に育ったでしょ（笑）

母　8：55　感謝です。よろしくです。ペコリ

【母と息子のＬＩＮＥ】

母　9：37　何時に来る？　お父さん図書館行った。あと、ござらっせの産直のお店に行きたいみたいだよ。よろしく♫　雨降って大変だけど、親孝行だと思ってね

息子　9：38　オッケー。今から出るねー

母　10：04　おねがいします

名大病院で詳しい検査

八事日赤から紹介された名大病院へ初めて行ったのは9月14日。私と娘が同行しました。初めてお会いしたZ先生は胆管がんの治療に詳しい専門医のすごい先生らしいけど、話し方が優しくて、お父さんも安心したみたい。

9月14日（月）

【父と息子のLINE】

父　18：52　名大病院の消化器外科でいろいろ話を聞いてきました。さすがに外科の先生は色々なケースに合った治療方法を提案してくれました。連休明けに検査入院して最善処置を調べてもらいます!!

息子　19：15　お疲れさまでした。最善の治療法で頑張り長生きしましょう

父　19：56　有り難うね♪　これからも迷惑かけると思います！　宜しくね

【母と娘のＬＩＮＥ】
母　18:33　今日は有り難うね。お姉ちゃんが居るだけで気持ちが落ちつくよ
娘　20:39　今日の先生、字が読みにくいけど、高度技能専門医なんだね！
母　20:44　結構、すごい技術を持った先生かな。（治療が）出来ないとは言えないよね。言ってる言葉、自信があるんだよね

検査入院の日は、私も一緒に行きました。コロナ警戒中だけど、入退院のときは付き添いの人も病室に入れてもらえた。お父さんと一緒に看護師さんから注意事項の説明などを受け、多くの書類に記入しました。その後、男性の看護師さんが病棟をぐるっと一周案内してくれて、トイレ、シャワー室、洗面所、待合所のラウンジなどの場所を見せてもらいました。

この日、息子は孫のＭちゃんの七五三の記念写真の前撮りに行き、「みてね」にアップしてくれたので、お父さんはそれを眺めて入院中の心の支えにしていたみたい。

9月23日（水）
【父と母のＬＩＮＥ】

父　12：00　有り難うね♪　心電図検査終わりました、今からお昼御飯です!!
父　13：04　今、点滴と採血が終わりました。点滴も簡単で、点滴のコロを付けないで短いチューブを刺してあるだけです
母　13：05　ご飯はどうでした？　全部食べれましたか!?
父　13：07　八事日赤の方が良いです。お茶も何も付かないからね
母　13：09　お茶とか、一周したときどっかに無かった!?
母　13：10　私立の病院より予算が無いかもね
父　13：12　お茶もコンビニで買って来ました!!
母　13：13　お水はコロコロ（荷物キャリー）の中に2本入ってるよ
母　13：14　コンビニまで行かなくっても、談話室の所に自販機無かった!?
父　13：48　そうだったね♪　これからはそこで買います!!
父　15：12　今、入院診療計画書もらいました。短期目標は胆管がんの精査、長期目標は胆管がんの根治
母　15：17　計画書があるんだ!?　介護保険もあるよ♪　短期目標は一週間くらいかな。長期目標は一か月、その目標に向かって、目標達成するように頑張る
父　15：22　検査日程は9／23血液検査・呼吸機能、9／24PET-CT、9／25ERC

Pは日赤でもやった苦しい検査。今回の入院中は手術の予定は無しです
母　15：25　きちんと検査してもらわないとね!!
父　16：24　推定される入院期間は一週間程度です
父　17：08　今、MRI検査から戻って来ました！　時間がかかるので空いた隙間に入れてもらっても急にお呼びがかかります
母　17：11　なんか忙しそうだね。もう少ししたら、ご飯かな!?　じっとしているより動いた方がいいでしょう
母　17：12　今週は検査で忙しいね
父　17：17　そうだね♪　動けるから、動かないとね。隣の人は大垣から来て入院してるようだね。近日中に手術のようです
父　17：21　自分で動けない人は看護師さんが連れてってくれるけどね!!　自分で行けるからね！
父　18：12　まだ食事が運ばれていません。今、先生が来られ、今朝の血液検査の結果や黄疸の数値も下がっており、苦しい検査は見送ります、とのことです。治療計画を絵に描いて説明してくれたZ先生から作戦会議をしたいので奥さんにも来てもらって下さいと言われました

母　18：14　いつ行けば良いのかな!?
父　18：17　9／25金曜日の6時半頃に7階のナースステーションです。二人の先生が6時半まで他の病院に行っているので、帰って来てからになります。
母　18：18　はーい！　ゆかりやしん君も来れたら来て貰おうか!?
父　18：23　そうだね♪　金曜日だから帰りに御飯でも食べさせてやれば♪
母　18：24　ゆかりさんには家に泊まって貰えば良いかな
父　18：27　こちらはまだ退院出来ないと思うけどね。泊まってもらった方が助かるよね
母　18：32　しん君オッケーです。家に迎えに来てもらって、帰りもゆかりと二人送ってもらうわ。ゆかりには家に帰った頃に連絡するね
父　18：33　よかったー。宜しくお願いします
母　18：34　ナナちゃんと散歩に行ってごはん食べました！　今は私の横で寝てるかな？
父　18：37　有り難う♪　ナナちゃんとも思っていたより早く会えそうです

9月24日（木）
【父と母のLINE】
父　8：15　おはようございます！　今朝は検査の為に朝食が食べられません。9時からP

ET-CT検査前に500㎖の水を飲まなければいけません。
父　8：20　今日の検査は身体中にがんが無いか調べる検査です。お腹の中に何も無いようにしないといけないのです。食事抜き、お水をいっぱい飲んで胃腸を空っぽにします。誰でもする検査です
母　8：20　おはよー！　今は洗濯とか、ナナちゃんのおしっこシートをごみ袋に詰めて下に持って行くところです
父　8：23　ボチボチやって下さい！　綺麗にしておけば気持ちいいからね。有り難う♪
母　8：25　今日は午前中からお昼にかけて（痛む脚の）リハビリに行って来ます!!　作戦会議、ゆかりさんも来てくれるそうですよ
父　8：32　少し前に先生が顔を出されたので、家内、娘、息子に来てもらうんですよと言ったら、笑っていました!!　今日の検査結果も考えていきましょうとのことです！
母　8：53　うちの家族は仲がいいんです、良い子どもに育てたでしょう！　と言ったら大笑いされるかも
父　10：49　9時からの検査は終わりました。後は結果待ちです。他に言うと親バカになるよ♪　親が納得してれば良いと思うよ

25日夕方の作戦会議で、専門医のZ先生が肝臓や胆管の絵を紙に描きながら説明してくれました。やはり手術するには難しい箇所とのことで抗がん剤治療を提案されたとき、お父さんももう、何もしなくていいとは言わなかった。Z先生は余命のことを言わないし、お父さんも聞かない。きっと、Z先生の言うことを聞いていれば何とかなる、自分は助かる、だから抗がん剤治療を受けよう、という気持ちになれたんじゃないかな。

退院延期してステント交換

Z先生の説明を聞いた晩から、お父さんは調子が悪くなったみたいです。

9月26日（土）

【父と母のLINE】

父　8：19　おはよう♪　今日は良い天気だね。昨夜の12時頃から寒気と腰の痛みで熟睡できませんでした。病棟担当医のN先生とは違う先生が来られて診てもらいました！　採血は済ませたけど、点滴は失敗して時間をおいて再度行います。今から朝食のパンを食べます！

母　8：22　シャワーを浴びて風邪でも引いたかな。熱が出たら明日退院出来ないかも知れないよ、おとなしく寝ていてね

父　9：16　今、N先生が来られ、採血結果を見る限り少し黄疸の値が上がっているので、明日の退院は延期して29日か30日に管を入れ替えの予定です

母　9：17　はーい！　しん君に連絡しておくね！　無理しないようにね

父　9：20　（同室の）九州の人は退院の延期を言われていました。何かあった時、病院の方が処置をしてもらえるから安心だけどね。迷惑かけてすみません

母　9：23　あらあら♪　がんを抱えているからね！　今までとは違って元気な様でも、検査でストップしてくれるから安心だね

父　10：39　今、抗生物質の点滴をつないでもらっています。動きにくいです

父　10：41　熱は36・7度まで下がりました

母　11：03　最初は2週間（の入院）って言ってたから、また元に戻ったのかな

父　11：08　そう言えばそうだね。最初、Z先生から約2週間の予定と言われていたから、予定通りかな？　チューブの交換が苦痛だけど耐えるしかないものね！

父　11：14　チューブの交換3ヶ月毎だったと思います！　早めの交換になるよ!!

父　11：20　今、点滴が外れました。数時間おきに3回するとの事です

母　11:22　今日はあんまり動けないね
父　11:25　院内を散歩するか、トイレに行くくらいです
母　11:27　手術に向けて体力温存しないとね！
父　11:40　退院したら極力歩いて筋力を付けなければと思います！　畑にも行って夏野菜の始末をしたいと思っています。
母　11:43　今日も涼しくなって、過ごしやすくなったよ♪　急に寒くなる気がするけどね。たんぱく質の物を食べなくてはネ
父　11:47　院内にいると外の気温が分かりませんが、季節的には一番良い時だよね
母　11:51　28日にMちゃん（孫）の七五三で熱田神宮に行くそうだよ。今日みたいな過ごしやすい日だと良いね
父　12:02　28日は天気良さそうだね。じいじは病院でつまらない時間を過ごしていることでしょう
父　15:32　看護師さんに教えてもらったけど、深夜の寒気と腰の痛みの症状は、胆管の異常時の症状らしいよ。我々は風邪の症状だと思うよね！　一つ勉強になりました
母　15:54　良かったね、退院する前で!!
母　16:10　少しでも異常があれば、遠慮しなくて言った方がいいね。言わなきゃ分から

ないよね

お父さんは9月30日（水）にステントの再手術をするまで、一日三回、抗生物質の点滴をしたようです。退屈だったのか、たくさんＬＩＮＥが来ました。この手術は二回目だけど、

「一度経験してるから、いやだナー」

と、書いていた。動けるときは、運動のためにも病院内のコンビニへ行き、ヨーグルトやバナナや甘いものを買って食べていて、食欲はありました。

9月28日（月）

【父と母のＬＩＮＥ】

父　17：37　最近は涙もろくなり、家族のこと（ナナちゃんも家族だからね）を思うと涙が出てきます。気持ちを強く持たないと駄目だよね！

9月29日（火）

【父と母のＬＩＮＥ】

父　13：57　今、看護師さんから明日のステントの交換の説明を受けたところです!!　こちらは麻酔を効かせるので、帰りは車椅子で病室に連れてきてくれるようです。八事日赤の苦痛が無いだけありがたいよ
母　13：59　明日はちょっと大変だけど、頑張ってね。行かなくて大丈夫!?
父　14：05　大丈夫だよ。若い頃は病院に入るだけで緊張したけど、最近はそれほどでも無くなりました。多少は緊張するけどね
母　14：08　もう慣れたね。退院出来るんだから良いよ。ずーっと入院している人もいるんだから
父　14：17　良い季節、良い天気に病室にいるとむなしくなります。自分も元気な時は病院にいる人を見ると可哀想に思っていたけど、今は逆の立場だよね。いつどのようになるか分からないから!
父　14：22　3時と10時に抗生物質の点滴があります!　採血は楽だけど、点滴は刺す時も液を入れている時もイヤだよ
母　14：22　窓を開けると、風が入ってきます。でも、外を歩くと暑い日差しがあるよ。これから段々秋になるのかな♪　虫も鳴いてるし
父　14：27　病室にいると人の話し声、足音、点滴のスタンドの音が主です。これでは季

節感など0だよね!!

第二章　いつもと違う冬　～うるさい老人と思われたかな～

抗がん剤治療のオリエンテーション

お父さんは10月4日（日）に退院し、その週の金曜日に抗がん剤治療のオリエンテーションがあって、私も一緒に名大病院外来化学療法室へ行きました。そこはリクライニングの椅子が50台以上並ぶ広い部屋で、治療を受けている人がたくさんいました。

「治療後のトイレは、ふたをして流してください」

と、オリエンテーションの看護師さんから聞きました。それほど強い薬なんだって。

10月9日（金）

【母と娘のＬＩＮＥ】

母　11：51　やっと終わって、病院でご飯食べています。朝7時半ぐらいに出たよ

娘　11：52　お疲れさまでした！　気をつけてゆっくり帰ってね

母　12：20　薬剤師さんと看護師さんからのオリエンテーションでした。がんに特化した資格があるんだね！
母　12：23　抗がん剤治療の人がいる所を見学したよ。ベッドの人とリクライニング出来る椅子の所、ズラーっと並んでいた😮
娘　12：34　専用の場所があるんだね
母　12：39　50人分ぐらい、あったよ!!　看護師さんは、コロナの病院みたいなエプロン、マスク、ゴーグル着けていたよ。お父さんと二人、凄いナーって見てた！

親子で落語会

抗がん剤治療が始まる直前の10月11日（日）、父、母、娘の三人で落語会に行きました。金山の市民会館で、桂文珍・三遊亭円楽・立川談笑の「東西名人落語会」が午後1時半から3時半まであったので、その前にホテルで食事した。私と娘は美術展や海外旅行などいろいろ出かけていたけれど、お父さんは誘っても来なかったし、行きたいと言うのは今回が初めてでした。テレビで『笑点』を見るのが好きで、入院中に落語のＣＤを欲しがったので、娘がチケットを取ってくれて、楽しんできました。

円楽さんもがんを患っていたので、気持ちが分かったのかな。お父さんも声を出して笑っていて、行ってよかったと思います。

10月11日（日）

【母と娘のＬＩＮＥ】

娘　20：28　今日はお疲れさまでした。なかなか生で落語を聞くことがないから、面白かったね

母　21：18　お疲れさん、面白かったね。それなりに今の風刺も言ってたりして!!　お父さんもまた行きたいって言ってたよ

娘　21：21　今までに体験しなかった事でも、楽しめる事たくさんあるから、色々な所に行こうね。よろしくです　ペコリ

母　21：22　そうだね、お父さんも楽しかったみたい♫　また名古屋で公演あったら行こう！

母　21：24　時々、横見たら、声だして笑っていたから良かったと思ったよ。今まで誘っても行かなかったからね

娘　21：31　笑うことは免疫力も上がるし、健康にもいいからね。がんやウイルスを死滅

させるＮＫ細胞が活性化するんだって！
娘　21：32　30秒笑うと3分散歩したのと同じ効果があるとか
母　21：33　じゃ今日はＮＫ細胞だいぶ増えたね
母　21：36　ナチュラルキラー細胞ね。ヘエー、たしかに
母　21：37　がん細胞やっつける仕事をするんだね
娘　21：40　笑いは、プラス思考になって痛みを和らげてくれるって
母　21：41　笑おうね。楽しもうね
娘　21：48　健康第一ですからね（笑）明日、お父さんの付き添いよろしくです
母　21：48　了解でーす

抗がん剤治療が始まる

落語会翌日の10月12日（月）は退院後初の外来診察でした。病院は混むので、お父さんは朝早く家を出た。診察前に血液検査をするけど結果が出るまで一時間くらいかかり、さらに診察室に呼ばれるまでかなり待つみたい。

お父さんは外来で主治医のZ先生の診察を受け、体調に問題ないということで、一週間

後にいよいよ抗がん剤治療の開始が決定。初回は副作用の確認のため一泊入院した方がいいと言われ、まずお父さんだけ当日の朝一番に病院へ行き、後から私も行きました。

10月19日（月）

【父と母のLINE】

父　7：35　今、病院に着きました!!（整理番号）35番です。50分から受付開始です。

母　8：45　地下鉄に乗っています、着いたら連絡します

父　8：45　気を付けて来て下さい。採血済ませて3階外科麻酔科にいます！

父　8：47　受付票見ると、入院予定がありますと書いてあるね

父　12：49　お疲れ様でした。お昼ごはんは完食です。名大病院の食事は分かっているかららね。今、抗がん剤を入れ始めました

母　13：35　今、家に着きました。買い物したらこの時間です。4回やるうちの3回目が抗がん剤だったような気がします。1回目が普通の点滴で2回目が副作用のない様にする薬で、3回目が抗がん剤だよ。長い時間だけどがんばってネ。大丈夫大丈夫、疫病退散、今はがまん

父　13：38　ゆっこサンキュー♥

父　16：56　約5時間かかった1回目の点滴が終わり、チューブが外されました。身軽になりました!!

母　17：27　良かったね、気分はどうですか？　トイレに行く時ふらつきませんか!?ちょっとでも、いつもと違う変化があればナースさん呼ぶんだよ

父　18：05　今のところ、ふらつきも無く異常は感じません。このまま済んでくれると嬉しいけどね

母　18：11　よかったぁ!!　おつかれ様です。帰った時の部屋の中でーす（注：お留守番のナナちゃんがお父さんの布団や毛布をグチャグチャにした、その写真を送った）

父　18：16　ひどい状態だね。ナナちゃんに、お父さん帰ったら覚悟をしておくように言っておいて下さい

父　18：48　晩御飯を完食しました。ぶりの照り焼き、白菜のおかか和え、うの花炒り、美味しかったです。ナナちゃんと一緒で胃袋だけは丈夫なのかな!?　食べられるだけありがたいです！

母　18：50　食欲あるって事は、体力があるって事だよね

母　18：53　ナナちゃんも栗ごはんとベーコン完食、お水もカラカラ。今日は雨が降っていたので散歩無しだったけど!!

父　18：57　前の部屋で一緒だった九州の人も同じ部屋にいます。明日の朝から15時間の大手術のようです。奥さん、子どもも来たようです!!
父　18：59　ナナちゃんは悪いことしててもご馳走もらったんだね
母　18：59　15時間、大変そうだね！　頑張ってほしいね
母　19：00　ナナちゃんはお母さんにくっついています。
父　19：02　自分もそうならないことを祈らないといけないね
父　19：04　ナナちゃんは悪いことをしたと思っていないから
母　19：06　でも、誰これしたの!?　って怒ったらベランダに行ってしばらく入って来なかったよ
父　19：08　多少は分かっているのかな!?　悪いことしたら、お父さんに叱られているからね
母　19：09　今も後ろで寝ているよ
父　19：23　憎めないからね。母親からしつけを受けてないから大目に見てやらないと可哀想だし!!
母　19：26　最近だよね、クチャクチャにするの！　前はそんなことしなかったのに♪
父　19：33　年をとって体力の衰えで思うようにならずストレスがあるのではないかな？

母　19：40　ナナちゃんもストレスあるんかい!!

やっぱり副作用が出た

一泊二日の抗がん剤治療は無事終わったけど、副作用が出て、お父さんはつらかったんじゃないかな。

10月24日（土）

【父と息子のＬＩＮＥ】

息子　19：04　抗がん剤はどんな感じ？　説明では三時間ぐらい点滴って言ってたけど、副作用とかは大丈夫だった？　三週サイクルでやっていけそうかな

父　20：16　19日に抗がん剤の点滴をしたけど、当日は入院して様子を見たけど問題無かったので甘く見ていたら、20日の午後から副作用が出始めました

父　20：26　倦怠感、食欲不振、便秘が起きて苦労しています。少し治まってきたけど、26日に再度抗がん剤の点滴をする予定です。今までは初めてで体もびっくりしたけど、少しずつ慣れてくると思います！

父　20：29　抗がん剤を点滴する前後に生理食塩水を点滴するので五時間ぐらいかかるよ!!　がんにかかって、がん患者が多いことがわかったよ！
父　20：36　色々な人が身近にいるから励みにもなるし、不安にもなるし複雑です。でも頑張るしかないからね
息子　21：07　五時間は辛いね。副作用も体が早く慣れてくれるといいね
父　21：34　看護師さんが言っていた通り、2～3日頃が辛いことがわかったので、予定が立て易くなったかな？
息子　21：38　抗がん剤はがん以外の正常な組織も破壊するから大変だけど、我慢してがんをやっつけないと治らないからね
息子　21：38　何度かやっていくうちにそういった体の変調もわかってくるから予定も立てれるかもだね。抗がん剤に体が慣れすぎても効かなくなるから、多少の副作用は我慢だね
父　21：47　何サイクルかやってみて、検査結果でもう少しきつい抗がん剤に替えるのか、効果があるからこのままで行くのか？　胆管がんは進行性がんだから厄介者です。しかし頑張るよ

頼りになるお姉ちゃん

私のＬＩＮＥを読み返すと、お父さんに言えない本音も、娘には言えたみたいです。娘はいつも気遣ってくれて有り難かった。家では家事もしてくれて、欲しいものや必要なものはないか聞いて手配してくれるので大助かりでした。電気ポット、スマホケース、湯たんぽ、カイロ、畳の敷物、「ふるさと納税」の宮崎牛など、娘に買ってもらったものは多いです。

「有り難う。でも、またお金を使わせちゃってごめんね」

と、お父さんもよく言っていました。

11月11日（水）

【母と娘のＬＩＮＥ】

母　22：11　今日は体調が悪いらしい、食欲なく、お粥たべたけど戻してしまい、お風呂入らずに寝ているよ。便秘が治らないので、出ればスッキリすると思うけど、ＯＳ-１（経口補水液）を美味しいって飲んでいたよ。

娘　22：14　やっぱり、点滴した後は体調悪くなるね！　熱中症とかに飲むといい奴でしょう？　所さんがCMしてる
母　22：16　そうそう、買ってあったから枕元に置いて飲んでいる。
娘　22：32　今後も同じ症状が出るかも知れないから箱買いしとく？
母　22：55　そうだね！
娘　23：21　楽天市場を見たらOS－1、ゼリータイプもあるよ。ペットボトルなら500㎖か280㎖があるよ

料理に目覚めたお父さん

この秋、私たちはいろんなところへ出かけました。11月13日（金）と14日（土）は、私と娘、それに私の親友二人と四人で大阪へ一泊旅行。一日目は中之島美術館、二日目は海遊館に行って、楽しみました。

私も食事を作り冷蔵庫に入れていくけど、お父さんも料理ができる人なので、快く送り出してくれました。元々、結婚前に調理師資格を取ったそうだし、釣り好きで魚もさばける。この頃、私が仕事で遅くなる日は夕飯を作ってくれました。最初は試しにミールキッ

ト（ヨシケイ）を頼んで作っていたけど、料理に目覚めて、自分で工夫して作るようになっていました。

11月13日（金）
【父と母のLINE】
母　11：47　大阪駅に着いたよ♪　今からバスで市内観光です
母　11：50　屋根が無いから換気は万全だよ
父　11：54　天気は良いのかな!?　コロナに気を付けて身体に気を付けて楽しんで来て下さい。食欲無いけどナナちゃんと何かしら食べています!!
母　11：56　おでんが冷蔵庫に入っているけど♪　食べれるならゆで玉子と大根いれて柔らかくして食べれるよ!?
父　12：03　昼食はエビチリを温めようかな!?　と思っています。
母　12：05　お昼はバス観光が終わってからになるから1時過ぎかな?
父　12：08　大阪は美味しい食べ物が多いから食べてくれれば良いね
母　17：58　6時半からホテルの中で食事です。クーポン使うから安くなりそう
父　17：59　絶景だね。お姉さんも合流したのかな。これからご馳走を食べるのかな!?

母　18：01　ゆかりと一緒の部屋だよ
父　18：09　親子水入らずでゆっくりして来て下さい。こちらはナナちゃんとご飯食べたところです
母　20：54　豪華なディナーを食べました
父　21：10　風呂から出て来たところです。ホテルの食事だから美味しいだろうね!!　温かいうちにナナちゃんと寝んねします。おやすみなさい

12月5日（土）は私、娘、お父さんの三人で、名古屋センチュリーホールのさだまさしさんのコンサートに行きました。ＮＨＫの『鶴瓶の家族に乾杯』の主題歌で知っているし、面白いトーク満載の年越しライブの放送も楽しんでいたので、行きたいねと言いました。名古屋公演を知り娘がチケットを取ってくれて、とても楽しかったようです。

12月5日（土）
【母と娘のＬＩＮＥ】
娘　23：02　お疲れさまでした。ありがとうね。Yahoo!のニュースに、さださんが言ってた中村哲先生の記事が出てるよ！

母　23：25　お疲れさん！　お父さん疲れたのか、お風呂に入らずに寝ています。お母さん今、お風呂に入って出たところです
娘　23：26　いつも寝るの早いし、疲れちゃったのかもね
母　23：27　中村哲さんの事は、まだ元気にしている時、テレビのドキュメントで放送してたから知っていたよ♫　病院の先生だったけど、村の人たちの為に、砂漠だった所に水路を作って、緑の畑にしている姿をやっていたよ!!　村の人たちから慕われていた。いろんな所で日本人は、現地の人の為に骨身を惜しまずに頑張っているね
娘　23：39　私もテレビで見た気がする。亡くなって一年だったんだね……。絵本も読んでみたいね。色んな事、気付かされて勉強になるね。そろそろ寝るね

年内最後の抗がん剤治療中止

抗がん剤治療は毎回必ずできたわけではなく、当日の検査結果で中止もありました。

12月7日（月）
【父と母のＬＩＮＥ】

父　9：51　他の先生はランプが次々点いていくけど、Z先生のランプは点きません！
父　9：55　今、やっと点いて、血液検査の結果、白血球が少し低いので今日は点滴を中止するとのことです。次回は1月4日です
母　10：04　そうなんだ！　体力つけないとね
母　10：05　今から出かけるので家にいないけど。ご飯は炊いているけど!!
父　10：06　了解です。支払いを済ませたのでこれから帰ります
父　10：08　先日の＊＊さんもパスしたことがあると言ってたからね
母　10：37　そうなんだ!!　パスするって事は体力温存って事かな!?
父　10：44　そうだね。食事ではカバーすることが出来ないから、自然に増えるのを待つしかないね！
父　10：48　先生は、無理して点滴しても意味がないから年明けから開始しましょう、とのことでした！

この年末年始のお父さんは元気で、一人で図書館や神社に通い、家族で集まって楽しく過ごしました。20日（日）は娘の家で毎年恒例の年賀状印刷、23日（水）は息子の家で一緒にケーキを作ってクリスマス会をしたな。大晦日には、みんなで近所の神明社へお参り

兄のくっちゃんも来てくれました

に行った。いつもは除夜の鐘が鳴る頃に行くけど、くっちゃんが来てくれたので昼間にみんなで参拝しました。

年明けすぐの抗がん剤治療は、無事に受けられました。

2021年1月4日（月）

【父と母のLINE】

母　7：59　今日は今年の最初だから待っている人が多くない？　ナナちゃんはまだベッドの上で寝ています

父　8：03　ナナちゃんはお父さんにおやつをもらってから、また寝んねに行ったね!!今採血が始まり31番です！

母　8：09　寒いから人も少ないのかな。病院に行って他の人の病気貰ったら大変だよね。

今年はインフルエンザも無いし、コロナに気を付ける位かな？　手洗いしっかりしてね
父　8：11　分かりました！（採血が）若い男性（看護師）で痛かったです。血圧も１６０前後です。二つの測定器でもほぼ同じです
母　8：50　外は寒かったものね！
父　9：11　未だ先生との問診が始まりません!!
母　9：26　先生も久しぶりだから忙しいかもね！　病棟の患者さんもいるしね。新年の挨拶してるかもね
父　9：50　Z先生のところのランプが全然点きません。予定時間9時10分から随分遅れています
母　9：52　受け付けの人に、どうして遅れているか聞いてみたら!?　待っているとシンドイね
父　10：42　問診終わりました、点滴の所に来ました。待合室が一杯です
父　10：45　今週の金曜日にCT検査をしてがんの様子を調べる予定になりました
母　10：45　やっぱりね！　皆が待っているんだね、遅くなりそうだね。血液検査は大丈夫だったんだね
父　11：13　今、点滴の椅子にて待っています。遅くなりそうです！

母　11：20　久しぶりだね。本でも読んで時間潰さなきゃね。がんも久しぶりに敵が来たのでビックリしているかもね

父　12：43　今、おにぎりとパンを食べています。また、ラジオを聞きながら本を読んでいます

母　12：46　のんびり時間を潰さなきゃね

父　12：49　抗がん剤の点滴中は気分を紛らわす為に何かしています！　まだ吐き気止めと生理食塩水の段階だから遅くなりそうです

母　12：51　始まるのが遅くなってしまったからね

父　16：17　周りに誰も居なくなったよ！　自分が最後のようです。あと約一時間です！

母　16：42　あともう少しだね。久しぶりに最後になったのかな。帰りはもう暗くなってるね！

母　17：47　お疲れさん。気を付けて帰って来て下さいな

お父さん緊急入院

しばらく元気そうだったお父さんも一月下旬になるとふらついたり、熱が出たりするよ

うになった。そして1月25日（月）、いつもの外来に行ったら即入院になったのです。

1月25日（月）

【母と娘のＬＩＮＥ】

母　7：29　病院にタクシーで来ました。昨日はトイレに行く時に倒れたり、今日の朝も立ち上がる時にふらついたり、恐い、恐い

母　7：30　今日も1人で来るつもりだったみたいです。タクシー呼んで無理やり付いてきました

娘　8：12　おはよう、付き添いありがとうね

母　8：14　今は採血を待っています。待つ時間が長いよね

娘　8：14　本人は大丈夫だと思っても、そんなフラフラしてたら危ないよね

娘　8：15　寒くない？　風邪引かないでね

母　8：15　家にいた時、2、3回ふらついたので（病院に着いて）車イスに乗る!?　って聞いたら拒否されました

母　8：16　付き添われているのが恥ずかしいのか、少し離れた所にいます

娘　8：17　ソーシャルディスタンス（笑）　病院は混んでる？

母　8：29　そんなに混んでないよ。今は緊急事態宣言が出ているので、どうしてもという人以外来ないのかな!?

娘　8：30　病院は病人だらけだからね

母　10：50　お父さん、入院することになりました!!　しん君にも伝えておいて

娘　10：52　今日からだよね？　やっぱりステントの手術かな。しん君にLINEしておくね！

母　11：05　そうだね！　数値が異常事態みたいです。ベッドも個室しか空いてないみたい。入院の手続きしたら帰ります。帰りは地下鉄だね

娘　11：10　気を付けて帰ってね！　タクシーでいいんじゃない？　入院の用意は持って行ったのかな？

母　13：36　今は病室で点滴を打っています。借りれる物は借りるけど、下着とかお風呂用品やヒゲそりは明日持って来るつもり。個室しか空いてないので1日¥11，000～の部屋にいます

娘　13：44　個室でも面会はダメなんだよねー。めちゃくちゃ高いね

母　13：53　水曜日に手術する予定。相部屋が空いたら代わるよ

母　19：17　しん君からLINE来たよ。手伝う事あったら手伝うよって。退院の時、来

てくれたら有り難いって返事した
娘　19：28　私がしん君に、お父さん、お母さんにＬＩＮＥしてあげてって言ったもん（笑）
娘　19：28　退院はいつになるんだろうね？
母　19：29　体調がよければ、早めに金曜か土曜にって、先生が言ってたよ！
娘　19：30　また決まったら教えてね

うるさい老人と思われたかな

このとき入った個室は、窓から鶴舞公園の噴水や芝生がよく見える、気持ちのいい部屋。シャワー、トイレ付きで、お父さんは「もったいない」と言ったけど、一人でゆっくりできて良かったと思う。

1月26日（火）
【父と母のＬＩＮＥ】
父　15：54　今日は有り難うね♪　欲しい物が全部ありました。早速シャワーを浴びて

さっぱりしました

父　16：02　荷物を届けてくれた時に、事務員に顔だけでも見てもいいか聞いたら、今は非常事態で非常に厳しくなっているので責任持てませんと言われました！　これからお世話になるから仕方ないよね

母　16：07　今帰りの地下鉄の中です。要る物はあったと思うけど、着替えは、前は夏物だったね。今回は厚めと薄めのを持っていきました。部屋の中が暑そうだったから

父　16：15　これで良いと思います。昨夜の夕方の検温で39．4℃の熱があったので、解熱剤を飲んだら下がりました。すぐN先生も来てくれました

父　16：25　長時間スマホ連絡していないので溜っています。25日～明日の晩ごはんまで食事抜きです。看護師さんに軽い物を食べさせてと話したところ、再度N先生から、ステント交換の為に我慢して下さいと説得されました。うるさい老人と思われたかな

母　16：35　病院の中にいたら先生の言う事は聞いて下さいね

父　17：02　退院したら家のカレーが食べたいです！

母　17：06　じゃ退院する日カレーを作るね。カレーは身体に良いみたいだからね

父　20：36　N先生いわく、胆管のステントの詰まり具合で、鼻からチューブを入れて胆汁を出す可能性もあるとのことでした。判断は明日の内科医に任せてあります。その時は

プラスチックからステンレスに替わるとのことです!!

母　20:40　ステンレスの方が丈夫なのかな!?　N先生は外科の先生だからね、内科の事は内科の先生の方が詳しいんだよね。先生たちにお任せしましょう♪

父　20:40　交換する時はきっちり治したい、と言われれば、任せるしかないものね!!

母　20:41　そうそう!　頑張ってね

父　20:42　有り難うね♪　色々心配かけてすみません

母　20:43　何時から手術するか聞いてる!?

父　20:46　看護師さんに聞いたら、まだ先生から予定が入ってないと言われました、わかり次第メールします

母　20:48　了解です。先生も予定があるんだよね。がんばろうね

お父さんは1月27日（水）に三回目のステント交換手術を受け、その直後のＬＩＮＥでは、

「お腹の痛みは消えたけど、お腹が空いて力が入らない」

ということでした。術後の経過はよく、30日（土）に退院し、翌日もう歩いて神社へ行ったよ。そういえば、私のスマホは29日（金）に機種変更したので、その日以降のＬＩ

NEは現在使用中のスマホに残っています。

愛犬ナナちゃん旅立つ

ナナちゃんのためにも早く退院したい！　ということが、闘病するお父さんの大事な活力源だったと思う。そのナナちゃんに異変が起きたのは2月16日（火）の夜でした。午後9時ごろ、居間にやってきて私の前で急に倒れたのです。

「お父さん！　ナナちゃんの様子がおかしい!!」

と、お風呂から出たお父さんを呼び一所懸命身体をさすったけど、一時間後には息がなかった。

2月16日（火）
【母と娘のLINE】
母　21：56　お風呂に入ってるかな。ナナちゃんの様子がおかしいので連絡します。さっきまで動いていたけど、急に倒れてハァハァ言ってます。もう駄目かもしれないと、お父さんと言ってます。明日、しん君に病院に連れてってもらうね

【母と息子のLINE】

母　22：03　明日、しん君が来るまでナナちゃん頑張ったら病院に連れてってくれる？

母　22：19　ナナちゃんダメかもね、目閉じないし息もしなくなった！　お父さん泣いてるよ！

母　22：19　とりあえず明日来てね

息子　22：21　行くわ。お父さん体調崩さないか見ておいて！

母　22：30　いまダンボールに入れてあげた

息子　22：31　ダメだったか。八事霊園に連れて行かないかんね

【母と娘のLINE】

母　22：30　もう駄目だった。目をつぶって息してない！

娘　23：00　連絡ありがとう。ナナちゃん急すぎる。どこが悪かったのかな

犬の13歳は人間の68歳に相当するそうだけど、さっきまで元気だったのに……。淋しいし、涙が出たよ。翌日、家族全員で斎場へ行き、ナナちゃんを見送りました。雪がちらち

らして冷たく寒い日でした。

2月17日（水）

【母と娘のLINE】

娘　8：53　おはよう。今日、午後から半休もらえたよ

母　9：07　じゃ来てくれるね。ナナちゃん寝てるみたいだよ。お父さんと、ナナが小さい時の写真見てるよ！

娘　12：22　地下鉄乗ったよ。買っていく物、何かある？

母　20：33　今日はありがとうね、わざわざナナちゃんの為に忙しいのに来てくれて、よく動いてくれるってお父さん言ってたよ

娘　20：42　家族みんなでナナちゃんを送ることができてよかった！　暖かくなったら、またみんなでお墓まいりに行こうね

母　20：47　暖かくなったら行きましょう。明日は寒くなるから風邪ひかないようにね

娘　20：51　お供えのおやつもね。お母さん達も暖かくして過ごしてね

母　20：53　ナナが居ないと寂しいね、つい探してしまうよ

娘　21：01　昨日までいつも通りいたからね。しばらくは仕方ないよ。思い出に浸りま

しょう……。

お父さんは百円ショップへわざわざ行き写真立てを買ってきて、ナナちゃんの写真を入れて棚に飾り、お花も供えた。一番懐いていたから、淋しかったんだと思う。

思えば、子どもたちが小さい頃から、うちでは何かしら動物を飼っていました。最初は猫のみーこ、次に犬のレン、猫のにゃー太郎。みーこは18年、レンは13年生きて看取ったけど、にゃー太郎は若くしてコタツの中で逝ってしまった。別々に飛んできた二羽のセキセイインコも飼い、雌雄だったようで卵を二度産んだよ。金魚は長年生きて巨大になりました。川で捕ったザリガニや、息子が買ってきたハムスター、高校の先生が保護した目も開かないスズメの雛も、うちで育てた。

ナナちゃんは保護犬で、娘がインターネットで里親募集を見つけ、家に迎えた仔犬だった。夜はいつも誰かと一緒に寝る可愛い子。散歩に行くよと言うと喜んで走ってきたレンとは違い、お散歩は嫌いだったな。

子どもを育てるとき、家に動物がいた方がいいと私は思うのです。いつもくっついていて可愛がるし、病気や死を見つめるから優しい子に育つ。うちの子たちも歴代のペットをすごく可愛がったので、よく懐いたよ。

「ナナちゃんは、お父さんの病気を分かっていて、私たちに負担をかけないよう急に逝ってしまったのかな」

そんなふうに家族で話していました。

第三章　翳りゆく春　〜神社に寄りながら帰ります〜

新たな転移が見つかった

3月に入り、家族でまたお出かけしました。病気になる前は、家族で外出なんてほとんどなかったけど、お父さんの方から「行こうよ」と、みんなに声をかけていました。

6日（土）は農業センターの梅まつりに、息子家族と行きました。寒い日だったけど枝垂れ梅がきれいで、お弁当を買い、敷物を広げて座り、ピクニック気分でおいしいねと言いながら食べました。

20日（土）の春分の日は、父、母、娘の三人で八事のお墓参りに行きました。私の方の三軒のお墓と動物たちの慰霊碑に、ロウソク、線香、おやつを供えてお参りした。たくさん歩いて疲れたのか、その晩、お父さんはイビキをかいて寝ていました。

翌21日（日）は、孫娘とママ、じいじ、ばあばの四人で、覚王山日泰寺《かくおうざんにったいじ》へ、弘法様の縁日を楽しみに行った。お父さんが毎月のように行き、ずらりと並んだ出店で干し柿や干し

農業センターに枝垂れ梅を
見に行きました

お釈迦様の骨が収められている日泰寺に行きました

芋などを買っていた所です。その晩、孫娘は地図を指差しながら、今日ここへ行ったよ、とパパに上手に報告できたみたいです。

4月3日（土）は、地元の桜まつりに行った。孫娘とママが来て、一緒にごみ拾いイベントに参加したり（ほとんどごみはない）、30分以上並んで百円の綿菓子を買ってあげたりした。コロナ禍で中止の年もあったので、一年で一番きれいな桜並木を眺めながら孫たちと楽しめてお父さんも嬉しかったんじゃないかな。

10日（土）はお父さん一人で高校野球の予選を見に熱田球場へ行った。中日ドラゴンズファンのお父さんは高校野球も好きで、前からよく一人で見に行っていたよ。

その週明けのいつもの外来で、お父さんは大ショックなことを告げられた。

4月12日（月）

【父と母のLINE】

母　9：11　もう、そろそろ診察かな

父　9：32　まだお呼びがかかりません！　もう少しだと思います

父　8：44　やっとランプがつきました

父　10：32　今、診察が終わりました。5日に行ったCT検査で、肝臓に新たな転移が見

つかりました。今の抗がん剤が効かなくなったようです。違う抗がん剤にするか検討する必要があります。今日はこれで帰ります
母　10：33　はーい了解です。気を付けてゆっくりね
母　10：39　しんどくなかったら鶴舞公園でも散歩して来たら良いよ。明日から雨が降るらしいからね
父　10：59　駅まで来ました。昨晩の天ぷらで胃がもたれているので、神社に寄りながら帰ります

できるだけ側にいるしかないからね

たしかにこの頃、お父さんは発熱、寒気、寝汗を訴えていた。本人は一人でどこでも行きたがったけど、私はかなり心配になっていたなぁと思い出します。

4月26日（月）に先生から説明があるというので、今回も子どもたちに来てほしかった。でもお父さんは、忙しい息子には頼みづらかったみたいで、私は気を揉みました。

4月21日（水）

【母と娘のLINE】

母　22:12　お父さん、自分の病気にすごく不安なんだよ。出来るだけ側にいるしかないからね。

娘　22:20　そりゃあ不安になるよ、大病しらずの人だもん、まさか、自分ががん？って。もっとワガママ言っていいのにー。遠慮しなくていいのになぁって思うよ！

母　22:24　そのうち言うようになるかもネ

娘　22:29　ワガママも度が過ぎると困っちゃうけど、やれることはやってあげたいからね！

母　22:33　ありがとうね。やっぱり娘は良いね♪　息子は結婚すると嫁の方に行くって言うけどね。ありがとうね

娘　22:52　しん君はしん君なりに、Aさん（息子のお嫁さん）も色々やってくれてるとは思うよ。ありがたいと思わなきゃね。はいお休みなさい

結局、息子も来てくれることになり、お父さんが信頼しているZ先生から、家族4人で説明を聞きました。これ以降は抗がん剤を違うものに変え、治療も点滴ではなく服用にな

るとのことでした。説明が終わると、病院の食堂に寄りみんなでお昼を食べ、それぞれ帰りました。

ガン闘病日誌

お父さんは「ガン闘病日誌」と表紙に書いたノートに、自分が受けた治療や薬を几帳面に記録していました。それを見ると、抗がん剤点滴は11回受けていたね。

4月5日のメモに、「新しい肝転移の病変が出現」「現在行っているゲムシタビンシスプラチン療法の効果が得られなくなってきている。中止が望ましい。※抗がん剤は約6ヶ月で効果が出なくなる」と書かれていました。先生がそう言ったのかな。

次のページには26日のZ先生との面談で質問したいことと、その答えが14項目も書いてあった。これを書いたとき、お父さんは何を思ったのかな。

【お父さんのメモより】

12．治療できないがんはどうするのか？

・苦痛を最小限にする

・残された時間を有意義に過ごす
※がん化学療法
胆管がんは抗がん剤が効きにくい為、化学療法だけでがんを根治することは難しい。
化学療法はがんの進行を抑制し、症状を和らげる目的で行われる。

Z先生に聞くだけではなく、たぶん図書館の本で自分でもよく調べていたんだね。私には一言も言わなかったけどね。

入院させてもらえない

お父さんは5月10日（月）の外来以降、TS－1という抗がん剤を家で飲むことになった。この外来の帰りに、乗換をする名古屋駅で大判焼きと宝くじを買ってきたよ。宝くじを買うのはお父さんの楽しみで、一等大当たりが出ると評判の売場までわざわざ足を伸ばしていた。少額しか当たったことがないけれど、夢があるよね。病院の帰りに何度か買っていました。

新しい抗がん剤の飲み方は、お父さんの「ガン闘病日誌」によると、二週間飲み、一週間休薬。副作用が強かったみたいです。
お父さんは25日（火）の朝からとても具合が悪くなった。食べればトイレ、時々戻す、立とうとしたら力が入らず、足がもつれて倒れ、38～39℃の熱が下がらず動けない。26日（水）に急遽、名大病院の外来で診てもらったけど、血液検査とCTは問題ないとのことで家に帰されてしまい、とても心配でした。

5月27日（木）
【母と娘のＬＩＮＥ】
母　13：15　今日は仕事かな？　お父さんの状態が余り良くない。熱が下がらない。昨日病院へ行った時は、血液検査やCTは別に悪くはなってないみたいで、熱があるので点滴して帰された。入院するつもりだったけど、今日も熱があり、薬をもらってこなかったので、Aさんに調剤薬局へもらいに行ってもらったよ。お母さん、仕事でいないし、お父さんが自分で行くって言うから心配で、Aさんに頼みました。しん君は仕事です
娘　13：19　結構な熱なの？　入院させてもらえないんだ。入院してた方が安心するよね
娘　13：20　Aさんに感謝だね
母　13：20　食欲が無いので心配だけどね。多分、ベッドが空いてないのかな

娘　13：22　今までは週一回の抗がん剤だったけど、今は毎日の服薬でしょう、まだ身体が慣れてないのかな。ＯＳ－１は飲んでる？　まだ在庫はあった？
母　13：24　頼んでおいて。もう少ないよ
娘　13：28　じゃ頼んでおくね。（発送の）連絡来たら知らせるよ

一人にしておけない

お父さんは食べられないので、だいぶ痩せた。身体がしんどくて今までのように自分で何でもできないこともつらいし、気持ちまで弱っていたと思う。

5月28日（金）
【母と娘のＬＩＮＥ】
母　19：45　トイレまで行くのに脚が出ない。お母さんが肩貸して、ゆっくり歩いたけど、脚が出なくて体勢崩れて倒れたよ！　何かの支えでやっと歩ける。一人にしとけんな。お母さんもよっこらしょでしか歩けないよ
娘　19：48　至る所に手すりが必要ね

その週末、私は仕事がどうしても休めず、娘に無理を言ってお父さんのことを見てもらいました。わが家に来る前に、ドラッグストアでガーグルベースン（口腔衛生汚物受け）を探して買ってきてもらうよう娘に頼みました。その他に、逆流しない尿器、寝たまま自分で飲める吸い飲みなど、福祉用品があると助かるのでそれも買いました。

5月30日（日）

【母と娘のＬＩＮＥ】

母　10：59　お父さん大丈夫ですか!?　ウンチ昨日から出てないので気にしたってね。パン食べたかな。スイカもあるから食べるように言ってね。遠慮して、いいわと言うかもね。水分もね。温かいお茶を飲ませてね

娘　11：42　やっと、はって台所の椅子まで到着したよ！　最初9時に起き上がる予定って話してたけど、どんどん予定が遅くなりました（笑）

娘　11：43　いま、コーヒー飲みたいって言うから作ってあげて、コーヒーとクリームパン食べてるよ

娘　11：44　背中に何か乗ってる感じがするって……。ずーっと寝てたからだよーって話

してた

娘　11：46　スイカはいらないって

母　11：50　クリームパン食べたんだ。前から食べたいと言ってたからね、良かった

娘　11：50　半分食べれたよ

娘　11：50　そう、朝昼兼用なっちゃったね！　って話していたところ

母　13：05　ゆかりは何時頃に帰るの!?

娘　13：05　お母さん帰ってくるまでいるよ

娘　13：06　さっき吐いちゃいました

娘　13：06　熱は37℃で下がってはいるんだけどね〜

娘　13：33　食べすぎかな。一度に頑張りすぎたかな

母　13：35　お母さんは7時ぐらいには帰れるかな

娘　13：38　ちょっと熱が出てきて、冷えピタおでこに貼ってるよ！

娘　13：38　一緒にテレビ見て笑ってる（笑）

母　13：55　水分補給宜しくね！　お母さん煩く言ってるよーって

娘　13：58　お茶入れたり、水用意してるよ〜。さっきガリガリ君食べたよ

母　15：19　有り難うね、ゆかりさんがいて助かります
娘　15：22　今日はお昼からずーっとテーブルの自分の席にいるよ
母　16：33　いつもの席は気分が和らぐかしら♫
母　16：33　トイレとかは行けたのかな。夜ごはんは何が良いのかな
娘　16：37　さっき自分でトイレ行ったよ、おしっこ出たって
娘　16：39　特に食べたいもの無いみたい
母　17：12　ふらつきは無いみたいかな!?　夜、何食べたい!?
娘　17：42　ある物でいいよ。お味噌汁くらいは用意しようか？
母　17：56　お父さんが味噌汁好きだから作っておいて。今、出ました！
娘　17：57　了解、気を付けて帰ってきてね！

入退院のくり返しになる

週明けの5月31日（月）、私も付き添って定例の外来へ行き、お父さんは入院になりました。

5月31日（月）

【母と息子のＬＩＮＥ】

母　10：51　今日、名大病院の診察でした。血液検査の結果が悪くて緊急入院になりました

息子　12：25　入退院のくり返しになるね。今日は休み、明日は泊まり勤務になるからね

母　12：38　明日は仕事があり、火曜日に行く予定です。本人入院するつもり無かったのか、ラジオやヒゲそり等持って行かなかったので、持って行くね。時間がある時、図書館に連れていって。畑も長い間行ってないので草取りお願いできるかな

母　12：40　昨日はお母さん仕事でお姉さんに来てもらったよ。一人にしておくの心配だから

息子　13：04　特に今日、急いで持って行かないといけないものはなさげだね、畑の草取りもネ、やってほしい事あったら連絡して！

母　13：17　今から家に帰ります。お母さん疲れた

息子　13：28　気疲れするからね。気を付けて帰って休んでね

お父さんもやっと入院できて、顔なじみの看護師さんとも話せて安心したようです。

【父と母のＬＩＮＥ】

母　18：33　気分はいかがですか!?　お腹は空いてませんか!?　一日中点滴だけど、大丈夫ですか？

母　18：33　ご飯食べたいでしょう。しばらく我慢だね

父　19：05　２日にステント交換をしてくれます！　そこまでは点滴だけです。若い先生から、ステント交換後お腹が空いたら言って下さいとの事です。ここからご飯だと思います!!

母　19：13　しばらくご飯ぬきだね

母　19：20　２日が手術なんだよね。お昼過ぎに行く予定だから、洗濯物分かるように看護師さんに言っておいてね。下着類とラジオとヒゲそりを持っていきます

父　19：20　有り難うございます、ラジオのイヤホンもお願いします。お腹が空いてきたけど我慢するしかないからね

父　20：38　今回の一連の体調不良は脱水症状に依るものらしく、点滴も24時間用の大きなパックが下がっています！　確かに肌に潤いが出てきたように思います

こうなってみて、私はお父さんに日頃どれだけ助けられていたか痛感しました。

【母と娘のＬＩＮＥ】

母　21：59　お父さん居ないとお母さんやる事いっぱいある
娘　21：59　それだけ、お父さん動いてくれてたんだね
母　22：03　そうそう、お母さんが洗濯すると、干すのがお父さんの仕事。乾いたらソファの上に取り入れてある。ごみ出しもお父さんがしてたから、何曜日に何を出すか考えなくちゃ
娘　22：06　お父さん、ごみ出しの日がいつか書いておかないとな、って言ってたけど、それどころじゃなかったね
母　22：07　新聞紙出す日、わからないや。
母　22：12　新聞は資源ごみ？
娘　22：12　（検索してくれて）ごみ出しの日拡大できるかナー
母　22：22　ありがとう

第四章　緊迫する夏　～励ましの言葉を有り難うね～

お父さんは胆汁を飲んでいる!?

　お父さんは6月2日（水）に手術したけれど、予定と違いステント交換はなかったみたい。翌日のＬＩＮＥでお父さんは、

「Z先生から聞いた話だと、今はステントが入っておらず、鼻からチューブで胆汁を出しており順調に出ている、退院までにステントを入れるそうです」

ということでした。術後の食事も食べられ、歩いた方がいいと先生に言われコンビニへ水を買いに行ったそうです。

6月4日（金）
【父と母のＬＩＮＥ】
母　9：53　おはよう、今日は朝から雨降りです。昨日、畑に行けてよかったです。

お父さんの入院中に畑でいもほり

父　10：06　昨日行ってもらってよかったね！　今レントゲンを済ませました、朝食はお粥になったので完食しました！

母　10：09　食欲はあるからよかったね。徐々に体力回復してるね。少しずつ歩いてね

父　10：10　体重も53kg迄に戻りました。しかし血圧が低いようです!!

母　10：11　もう少し体重増えないとね。ぼちぼちだね！

父　10：13　今回も胆管の炎症で高熱が出たようで、鼻からのチューブでチョコレート色の胆汁を出しています

母　10：15　苦しくは無い？

父　10：18　鼻にチューブが入っているので食べたり飲んだりする時、違和感はあります。

母　10：23　食べれるんなら良いね

父　10：23　片方の鼻からチューブを入れてるから不便だけどね

6月5日（土）は着替えなどを届けに病院へ行き、待合室のラウンジで少し会えました。

「鼻から胆汁を出しているチューブが邪魔で、くしゃみは出るし、下を向いていると鼻水が垂れてくるし、シャワーで頭を洗いたいけど引っかけて抜いてしまわないか心配だし、不便だ」

と、お父さんは言っていました。

回診に来る若い先生から「胆汁は栄養があるから飲んで下さい」と言われたみたいで、どうやって飲むの？　と聞いたら、冷蔵庫で冷やして飲むんだって。苦くないのかな!?

胆汁を飲んだ後は、チョコレートや飴、レモン飲料で口直ししたそうです。

抗がん剤治療を止める

お父さんが回復してきた6月9日（水）、また主治医のZ先生に呼ばれ、家族で面談に行くことになりました。その朝早く、お父さんからＬＩＮＥが来ていたな。

6月9日（水）

【父と母のＬＩＮＥ】

父　7：45　おはようさん。まだ寝てるかな!?　５時半頃に軽くストレッチしたり、廊下を歩いたりしています！　少しずつ量を増やしています。今日は宜しくお願いします！

母　9：34　朝は早く起きるよ。洗濯して、ごみ出しして、今日持って行くもの用意して。する事いっぱいあるよ

父　10：28　早く家に帰って負担を少なくするから、もう少し待って下さい

母　10：53　大丈夫だよ。ゆかりやしん君が手伝ってくれるからね

父　11：09　親孝行な子たちに育ってくれてよかった!!

この日の夕方の面談で、副作用が強い今の抗がん剤治療を止めることになった。このとき、お父さんが何を思ったか、6月9日の「ガン闘病日誌」にも書いてないので分かりません。

熱が上がったり下がったり

その2日後の11日（金）午前中に、鼻のチューブを外して胆管のステントを入れ直す手術がありました。

6月11日（金）

【父と母のLINE】

父　12：58　チューブを外してもらいました。スッキリしました！　どの様にして帰ったか記憶がありません!!

母　13：18　車イスに乗せて貰ったんじゃない

母　13：20　ステントも入れて貰ったんでしょ♪

母　13：21　ご飯もまだ食べれないでしょう

父　13：47　行く時、車イスをもっていって、帰りは乗ってきます！

父　13：49　今は点滴パックが3個ぶらさがっています!!!

母　14：01　点滴はもう慣れたのかな!?

これまで胆管炎による体調不良はステント交換手術で治っていたけど、今回は違った。原因の分からない腹痛と発熱を何日もくり返して、つらそうでした。

6月12日（土）

【父と母のLINE】

父　7：30　ステントを入れてからお腹に鈍痛があり、今朝37．8℃の微熱があります。早くごはんが食べたいです！

父　18：37　今日の昼から予定がなく一安心してたら、4時ぐらいから寒けがして体温計ったら37℃で、6時頃は38℃に上がっていました。カイロを借りて温めています。予定外の採血と点滴にうんざりです

6月14日（月）

【父と母のLINE】

父　6：48　おはようさん。今朝の採血を済ませました!!　夜中に寝汗をかき2回シャツを着替えました

父　6：51　今、抗生物質の点滴を始めました!!　後はレントゲンの予定です。朝の検温は37.8℃です。なかなか熱が下がりません!!

母　7：11　オハヨー♪　雨が降っているけど洗濯しています、昨日、病院へ行ってよかった。熱が出るってことは身体が闘っている事だからね。汗が出るって事も身体を冷やしてくれる事だから、徐々に正常に戻る準備をしているんだね

母　7：12　もう少し熱と闘って下さいね。熱が下がれば食欲も出るから

父　7：51　励ましの言葉有り難うね♪　勇気づけられます。抗生物質の点滴終わりました！

父　7：54　もう少しで朝食です。何が出てくるか楽しみだけど、朝は味噌汁があるから食べられるね

父　8：06　今、若い先生が来られ、朝夕に熱が出てきますと言ったところ、平熱にならないと退院はできないからねと言われました!!

母　8：09　アハハハ、その通り。熱があるうちは、家に帰ってきても心配だものね

父　8：32　朝食は完食しました！　味噌汁の具はキャベツに少しの油揚げ、何か物足りない味です!!

母　8：33　ご飯食べれれば心配ないです

母　8：34　今日はコロナワクチンを打ちに行ってきます

父　9：15　今レントゲンから帰ってきたらZ先生が来られ、熱が出た事を話したら、抗生物質を続けて下げていきましょうと言われました。それでも下がらない時はステントの位置がずれてないか確認しましょうとのことです。Z先生は説得力があります

母　9：20　Z先生は神様みたいだね、拝まなきゃね。熱が出るって事は原因があるからね♪

父　9：26　今、看護師さんに熱を計ってもらったら36．6℃だったよ。このまま安定してくれることを期待します!!

父　16：58　今、熱を測ったら38．1℃です。痛み止めの入った解熱剤を飲みました!!!夕方から上がるんだね。若い先生は、抗生物質の点滴をしているからこのまま様子を見ましょうと言っています!!

母　18：07　そうだね、夜になると熱が上がるって何だろうね。ご飯は食べれるんだよね

父　18：34　昨日は今頃の時間にぞくぞくして湯タンポを借りました!　今日はクーラーの効いた所に行かないようにしたところ、ぞくぞく感はありません!

父　18：36　ごはんは完食しました!!　ハンバーグ、いんげんのごま和え、さつま芋の甘煮です!!

父　18：48　明日退院ならば、しん君が迎えに来れるって言ってくれたのに、熱のお陰で退院が延びて残念です！

余生を楽しんでください

お父さんの治療は主治医のZ先生、若いS先生、感染症の先生、内科の先生で決めていたそうです。

「名大病院はひとりで決めるのではなく専門的関係者が集まり協議して進めているから感心します！」

と、LINEに書くほど、お父さんは信頼していました。

6月17日（木）

【父と母のLINE】

父　7：08　おはようございます。抗生物質の点滴を始めました!!　6時間毎に4回します。今日、これからの治療方針を決めるようです！　検温37.7℃です。睡眠薬をもらって飲んだら眠れました!!

母　7：18　今日は爽やかな風が吹いています。心地よい朝です。今日は燃えるごみの日です。ひとりだと焼えるごみは袋に半分ぐらいです
父　8：10　早く外気に当たって6月の空気を吸いたいです。先生の指示を待っています。食欲だけはあるんだよね！
父　9：03　お昼からCT検査をします！　朝食は許可が出たけどお昼は食べられません!!
母　9：08　ゆで卵作ったけど食べれないかしら!?
父　9：14　そうだね、夕食がどうなるかだけど、手術ではないから夕食で頂きます
母　9：31　じゃ持っていくね
父　9：34　今、Z先生が来られ、熱が下がらないのでお昼から検査をさせて下さい!!　ステントの治療をする内科の先生は世界一の腕前だと思います！　とのことでした!!
母　9：39　世界一なら安心だね。会えないかも知れないので、看護師さんに、持ち帰る分が分かるようにしておいてね。2時から3時ごろに行けると思います
父　9：57　申し訳ないです!!　急きょ決まった事だし、早く原因をはっきりさせて次に進めたいからね
父　12：35　まだCTの時間が分かりません。今日の担当看護師さんに荷物の受け渡しを頼んでおきました！　ゆっくり来て下さい

このCT検査の結果、発熱の原因はがんの影響で、ステント手術は問題ないと分かったそうです。若い先生が来られ、詳しく説明してくれたみたい。胆嚢が少し腫れているので熱が下がらない、薬を定期的に出すので痛みや解熱をしていきましょうと言われたとか。

6月18日（金）

【父と母のLINE】

母　8：29　がんが悪さしていたんだね

母　8：32　胆嚢もしんどかったんだね。原因が分かれば薬もあるし、だんだん楽になれば良いね

父　8：35　原因がはっきりしただけでも有り難い。ゆっこも自分の身体を大切にして余生を楽しんで下さい

父　8：40　原因が分かったから薬をもらって自宅で療養していきましょう!!　と言われました。こちらが感じたのは、入院も長くなり患者も入れ替えたいよね!?

母　11：17　取りあえず熱が下がれば退院出来そうだね

父　11：26　そうだね！　問題は熱が下がらないことです

父　11：30　今日2回目の抗生物質の点滴が終わりました!!
父　12：32　こちらは魚の照焼き、ほうれん草の若草和え、ひじきの炒め煮です。とにかく名前が分からない不味い魚が多いです!!!
母　12：35　肉料理はあまりないんだね。一度に数を作らないといけないから、メニューが決まっちゃうのかな
父　12：40　それでも体力を付ける為食べています。これから3回目の抗生物質の点滴です！　今日から種類の違う抗生物質を増やして夜中に点滴するんだって！
父　12：45　それと痛み止めと解熱の為、ロキソニンを増やすようです!!　先生方も一生懸命してくれ感謝します
父　15：45　点滴は一時間掛かります！　今ロキソニンが出たからと持って来てくれました!!　早速1錠飲みました!!
父　17：55　4回目の点滴を始めました。ロキソニンの効果が出たのか36．5℃です。お腹の張りはあるけど痛みは和らぎました!!
母　17：59　やっぱりロキソニン効くね、それだけキツイって事だからね♪
父　18：31　食後に飲まないと胃をやられそうです！

翌朝は熱が下がり、お腹の痛みもなく、病棟の廊下を四往復歩けたみたい。点滴の管を刺したままシャワーにも行けたって。点滴針の上に防水シートを被せて浴びたそうです。

がんに勝ってほしいね

6月19日（土曜）は土砂降りの中、知人から頼まれ、鳥越俊太郎さんの講演会に友人のUちゃんと行った。鳥越さんも大腸がんを患い、肺、肝臓に転移された。肝臓の手術ではお腹を30cm切り、3年間転移がなかったのでホノルルマラソンに参加されたそうです。

講演のあった吹上ホールは昔住んでいた家の近くで、当時の愛犬レンちゃんとよく散歩に行った場所です。

「懐かしいなあ、レンとは今池方面にもよく行ったね。がんの後にそんな元気があるのが不思議です」

と、お父さんがＬＩＮＥに書いていました。

鳥越さんも2～3年後に他の臓器に転移したそうだけど、身体がガッチリしてみえたので運動しているから元気だったのかな。81歳の元気なおじいちゃんでした。

その晩、お父さんからこんなＬＩＮＥが来ました。

【父と母のLINE】

父　21：12　若いS先生が来られ、血液の中に菌が入っていたので点滴を続けてきたけど、いつまでも消えないので感染症の先生と相談しています！　と言われました

父　21：25　来週早々の退院は難しいけど、なるべく早く退院が出来るように考えます！とのことでした

母　21：28　今月中には退院したいね。もう少し頑張ろうね

7月2日に新型コロナワクチンの第一回接種予約を入れていたので、本人もなるべく早く退院したいから頑張ると言っていました。

6月21日（月）

【父と母のLINE】

父　11：49　今、若いS先生から来られ、今後の在宅療養等について話を聞きたいとのことです。先生から電話が入ると思います!!　対応願います

母　13：34　超多忙だね♪　頑張っていこう!!

母　14：06　先生から連絡があり、折返し電話したら診察中という事で2時頃電話しますと言われたけど、まだ電話ない

父　16：20　今、S先生が来られ、奥さんと話が出来ましたとのことでした！　こちらも相談室のHさんが来られ、在宅療養施設のパンフレットを置いていかれました！

在宅医療への移行

6月9日（水）にあったZ先生と家族の面談で、

「今後は在宅医療へ移行することを考えてください」

と、言われていました。名大病院は家から遠く、通院は大変なので、地域の訪問医療を利用してはどうですか？　ということだった。その流れで、14日（月）の昼過ぎ、病室のお父さんのところに、院内にある地域連携・患者相談センターの看護師Hさんとソーシャルワーカー・Uさんが二人で来られ、

「今後の看護相談、在宅療養相談、介護保険でのサービス利用相談、医療費の相談などができるので、都合がいいときに外来診療棟一階の相談室へ話を聞きに来て下さい」

と、言われたんだそうです。

「まだ先のことだけど、お互い理解しておいた方がいいと思って」

と、お父さんはLINEに書いていましたが、実際は本人が考えるより差し迫った問題でした。もう私一人ではお父さんをお世話しきれないほど病状が進んでいたからね。

幸いなことに、私は介護福祉士の資格を持ちヘルパーの仕事をしていたので、いつもお世話になっている「いきいき包括センター」のケアマネジャーさんに連絡して相談しました。

それで知ったのだけど、がん患者も介護保険の申請が通れば、いろいろなサポートを受けられるんだって。そのための区役所の手続きも、脚が不自由な私に代わり、ケアマネジャーさんがしてくれることになりました。すぐ名大病院の相談員さんと連絡をとってくれて、とんとん拍子で話が進んだのです。

「有り難うございます。いろいろ知識があるから助かります。身近に知識がある人がいると、いないとでは、大きな差が出るよね」

と、お父さんも言っていました。


【母と娘のLINE】

娘　17:46　結局、腕のいい先生にはやってもらわなかったの？　世界一とかいう先生

母　17：49　ステントは大丈夫だったけど、がんが大きくなって悪さをしているみたい。それで熱が下がらなかったみたい！

娘　17：49　そんなにがんって早く大きくなるんだ

母　17：58　抗がん剤が効かなかったからね！　肝臓に転移したのが大きくなってるって！　手術が出来ないから、これからは緩和治療に入るのかな

母　18：00　がんに対する治療はしないいんじゃない。お父さん、副作用が辛いって言ってたからね！

母　18：18　体力つけて、量を減らすとかも出来るって言ってた。お父さんの体力の回復次第かな？

娘　18：20　がんに勝って欲しいね

娘　18：24　好きな物食べて、好きなことすれば免疫力も上がるしね

母　18：24　そうだよね、畑やりたいだろうね。お母さんも脚が痛くなければやるんだけどなー

娘　18：29　きっと行きたくてウズウズしてるはず

退院が決まる前から、担当医の先生方、相談室の人たち、ケアマネジャーさんが、在宅

医療にスムーズに移れるように準備をしてくれて本当に有り難かったです。

6月24日（木）、お父さんがやっと退院できた日は、忙しかった。病室を引き払い、相談室に行き相談員のHさんと初めて顔合わせして、これからお世話になる在宅ケアクリニックのことなどを相談しました。お父さんがうどんかきしめんが食べたいと言ったので、一階の食堂で食べた。娘も息子も仕事を休んで迎えに来てくれました。

帰宅後、なごや東在宅ケアクリニックの先生が家に来られて面談した。また、布団屋さんが通気性のいいビーズの枕を持ってきてくれました。

お父さんは非該当になっちゃった！

7月から在宅ケアクリニックのO先生と訪問看護師さんにお世話になりましたが、お父さんはあいかわらず名大病院の外来へ2週間おきに通い続けた。本人が行きたがったからです。

7月5日（月）の名大の外来診察では、血液検査で赤血球のヘモグロビンが少なく貧血を起こしやすいとZ先生に言われ、輸血をしたので、朝一番に病院へ行ったのに終わったのは午後4時すぎでした。

7月9日（金）は介護保険認定調査の日で、私がいつも相談していたケアマネジャーさんも立ち会ってくれた。でも、調査員さんの質問に対して、

「動けるし、身の回りのことは自分でできます」

なんて、お父さんが元気なフリをして答えるから困ったなぁ。実際はほぼ寝ていたのにね。

「奥さんも審査を受けたら？」

そうケアマネジャーさんに言われ、私も一緒に受けました。すると後日、電話があり、

「大変！　奥さんだけ要支援2になっちゃった！」

肝心のお父さんが非該当になってしまい、仕方なく私の保険でなんとか介護ベッドを借りました。でも、脚に問題がある私と、がん闘病のお父さんでは借りられるものが違うので困りました。

お父さん相当悪いみたい

7月から8月頭までは、お父さんの体調もまだ落ち着いていていた。7日（水）は家族で食事に行き、生魚の苦手なお父さんがお刺身を食べ、みんなで「珍しい！」と言ったのを思

い出します。
18日（日）はO先生の往診があり、足のむくみの相談をして、栄養不足で水分が足に溜まるので肉を食べるように、と言われたみたい。名大病院にも19日（月）、8月2日（月）に行った。その前の7月24日（土）に二回目のコロナワクチン接種も受けていました。
でも、8月5日（木）に暑いなか畑へ行き、その晩から高熱が出たのです。

8月6日（金）

【母と娘のＬＩＮＥ】

母　14：42　毎日暑いね。今度の日曜日なんか予定ある？　なければ家に来てくれるかな？　お父さん、昨日から熱が出だして、今日もお昼にうどんを作ったけど手が震えてなかなか食べれなかったよ！　だんだん寒いと言って布団いっぱい掛けて寝たんだけど、ずーっと体中震えてる
母　14：46　今度は暑いと言って熱を計ったら40℃あった。今度はアイスノンや冷えピタ、忙しいこと。日曜日はお母さん仕事が入ってるから、ひとりで置いてくの心配だから……。
娘　15：06　会社は23℃で寒いくらいだよ。何時くらいに行けばいい？　熱下がらないな

ら病院行った方がいいけど、解熱剤は飲んでる？
母　15：09　ロキソニンは飲んだよ。日曜日はお母さんは朝8時から仕事で、夜7時位にしか帰れないよ
母　15：10　今日の4時まで熱が下がらなかったら、往診の先生に来てもらう予定だけど
母　15：12　お母さんは、昨日から来てもらったらって言ってるのに、本人まだ良いって。日曜日はゆかりさんが来れる時間でいいよ
娘　15：15　手遅れになって苦しいのは本人だからね。来てもらえるならすぐ診てもらって
母　15：23　本人、ロキソニン飲めば熱が下がると思ってるから。でも熱が出ている原因があるんだよね
娘　15：28　いつもステントが詰まったら熱が出てなかった？　炎症起こしているとか、あとは熱中症？
母　16：05　お母さんも、そうかもと思ったんだけど。6月に替えたし、3カ月はもつって言ってたよ。熱中症かもね！　お姉さんが買った濡れタオル使わないし、帽子も野球帽だし、日傘差す？　って言っても、いいって
娘　16：29　歳とって暑く感じにくくなってるんだよ！　それが危険なんだよ

母　17：02　そうだよね！　人が良かれと思って言うことを、いいって断るからね。夜も窓を閉め切ってふすま閉めて、身体冷やすといけないかナーって。夜も汗かいて着替えてるけど、外にパジャマとシャツ干してある。洗えばいいのに
母　17：05　お母さん何も言わないけど、訳わからん！
娘　17：07　年々、頑固さが増してるね？　素直に聞いてほしいねー
母　17：45　本人自覚無いんだけどね
娘　17：45　熱はどう？　今日、先生に来てもらうのかな？
母　18：45　今、先生来てくれた。お父さん、相当悪いみたい
母　18：47　覚悟をしておいてね、がんが進んでいるみたい
娘　18：49　治療してないもんね
母　18：50　お父さんには、まだ言ってないけど
娘　18：50　もう名大病院には行かないのかな？　いろんな機能が低下してるんだろうね……。自分で歩けてるのかな？　また前みたいに寝たきり？
母　19：23　家で24時間の点滴受けてる
母　19：24　血液検査の結果で悪いと入院かな？
母　19：28　明日の朝、先生が血液検査の結果持って来てくれる。点滴の取り替えで看護

師さんがお昼位に来てくれる
娘　19：30　そうなんだね、明日は行かなくて大丈夫かな
母　19：30　在宅の先生によると、名大の先生は抗がん剤治療しないみたいとの事、後は在宅のO先生が診てくれる流れかな……。来れたら来て欲しいけど、無理ならいいよ
娘　20：28　明日、予定つぶして行くよ、何時くらい？
母　20：46　お昼位に看護師さんが来るから、それくらいに来れる!?　用事があるなら夕方でもいいよ

その後、在宅のO先生が名大のZ先生と連絡をとり、紹介状を書いてくれて、8月7日（土）から入院できました。それで家族は安心したけど、本人は入院したくなかったみたい。

「もう何があるか分からないので、必ず付き添って行ってください」

そうO先生に怒られたので、私が付き添って病院へ行き入院しました。恥ずかしいのか本人は嫌がっていたけどね。

8月8日（日）

【父と母のLINE】

父　7：54　おはようさん、今日は朝の採血3回も失敗され、違う人に代わった方が良いよ！　と言われ、代わらせました

父　7：54　その子は1回で成功です。前回の入院の時も失敗された看護師さんだと思い出しました

母　8：54　おはよー。下手な看護師さんの名前覚えておいて今度から拒否したら

父　8：59　そういう訳にもいかないよ。仕事ご苦労様です！

母　14：55　体調いかがですか!?　食事は食べられましたか!?

父　15：17　お腹が少し痛いけど、抗生物質と生理食塩水の点滴をしています

父　15：28　利尿剤の薬を飲み続けているので少し脱水症状が出ているとのことで、中止しました!!

母　16：03　いっぱい水分取ってね♪

父　16：27　口からの水分と点滴でトイレが近いです。部屋がトイレに近いから助かります!!　今は四人部屋に二人だけで静かです

8月10日（火）

【父と母のLINE】

父　19：14　若い先生が回って来られ、血液検査の結果は改善されてきているがビリルビンが高くなっている、あまり高くなると黄疸が出てくるとのことです。管が詰まっている可能性があるが、抗生物質の点滴を続けて週末の退院を目指しましょう、と言われました!!

今回のお父さんの入院中に、在宅ケアのO先生と訪問看護師さん、ケアマネジャーさん、名大病院の相談室のHさんが連動して、お父さんの介護保険認定調査をもう一度できるように手配してくれました。

自己嫌悪に陥っています

この入院は一週間で済み、14日（土）には家族そろって迎えに行き、しん君の車で家に帰れました。でも、お父さんは退院して家に帰ったとたん掃除・洗濯・ごみ出しや片付けなど今まで通り動き回るので、私にはストレスにしかならなかった。

8月14日（土）

【母と娘のLINE】

母　22：39　今日はありがとうね。お母さんね、脚が痛くて直ぐに動けないのが自分自身のストレスになっているの。そこでお父さんが動くと退院して家でゆっくりして貰いたいと思っているのに、ごみをガサガサ。何でそんな事するのか。洗濯物を取り込むし、お風呂も用意する、お母さん自己嫌悪に陥っています、情けない

娘　22：43　お父さんもああいう性格だから、可愛くないけど（笑）イヤミでやってる訳では無いと思うけどね。今までやっていた事をやりたいだけじゃない？　元気になったと勘違いしてるのが心配！

娘　22：47　やりたいようにやらせておいたら？　口うるさく言うとお互いイライラするし、お母さんまでストレスで寝込むハメに。どこかでストレス発散しなきゃダメだからね！　何かあったらまた実家に寄るし、話聞くから

母　22：52　有り難うね。アレやってコレやってと言えば、するけどね。時間がかかるけど

娘　23：08　動くなと言っても動くからさ！　手助け程度でいいんだよ、無理しないで

「心配だからそんなことしないで休んで」と、私が泣きながら抗議しても聞かないから、お父さんとケンカみたいになってしまいました。

8月15日（日）

【母と娘のＬＩＮＥ】

母　7：39　おはよー、起きてるかな、昨日は遅くなったから今日はゆっくりしてね

母　7：42　今日も朝からごみ袋の中にごみを入れたり、新聞を取りに行ってます。さすがに起きるのは7時ぐらい

母　7：45　今日も、洗濯するよとか、朝何食べると言っても無視している。人がさんざん心配して気を遣ってあげてるのに、腹立つ

娘　8：50　おはよー。やりたいようにやらせれば？　お父さんのすること、いちいち気にしてたら身がもたんよ！

母　8：55　洗濯物干すのいつもお父さんがしてたから、するのかなと思ったけど、椅子に座って黙ってたから、お母さんが干した

娘　8：59　なんかよくわからんね

母　11：41　今、お昼寝中。何かゴリゴリ音がしてたので無視して自分の事をしてリビン

グに来たら、寝てた。ラジオつけて

母　20：03　明日、図書館の本を返しに自転車で行くって

娘　20：24　動けるからって、入院してた人が大丈夫なの？　自分の体がどんな状態なのか、分かってないね

母　20：25　先生からきつく言ってもらわないと分からないだろうね……

娘　20：26　家族がいくら言っても聞く耳持たないでしょう

母　20：27　退院したらもう動ける!?　動けるわけないやん。薬で痛みや発熱を抑えているのに

娘　20：30　私も昨日、帰る時に言ったんだけどね。痛み止めが効いているだけで、がんは身体にあるんだよって

本人には言えないこと

私は8月末で仕事を辞めることにしたけど、断り切れない仕事が残っていた。お父さんが急に具合悪くなっても休めないので、娘に無理を言って、わが家で在宅勤務をしてもらいました。会社には申し訳ないけど、お父さん一人にはできないと思ったのです。

8月26日（木）

【母と娘のLINE】

娘　14：36　今からO先生が様子を見に来るみたいだよ。お母さん何時くらいに帰る？もう先生来たよ！

母　14：46　先生に宜しく言っといて、買い物して帰るね

娘　14：48　お父さんがこの前、Z先生の診察で言われた事を説明している。O先生の所にもZ先生から手紙が来ているみたい

母　14：52　終わったら、外まで先生を送っていってね。先生、お父さんに言えない事を言われるから

娘　15：05　先生たち帰っていったよ！　タイミングが悪くて、お父さんが先に送り出しちゃった

母　15：10　先生は何か言ってた？　今から帰るね

在宅ケアの先生はハッキリ言う方だけど、本当に厳しいことは本人に言いません。その代わり、帰り際に、私には言います。だから、娘にも先生から聞いておいてね、と頼んだけど、この日はお父さんが見送りに出てしまい、聞けませんでした。

もうそんなに長くないかも

お父さんは、翌27日（金）も朝から食べたものをほとんど戻し、熱は37℃。でも、朝のごみ出し、洗濯物干しなど〈お父さんのルーティン〉は休まず、コンビニにコピーを取りに行くと言って外出し、お昼ご飯を食べたあとも戻しました。

28日（土）も朝から39℃の熱が出て、食べると戻すのが恐いのか、ほとんど食べません。朝はヨーグルトだけ、薬を飲んで寝て起きて、生協のパンをひと切れ口にしました。その後も熱が下がらないので、午前10時過ぎにO先生に往診してもらい、解熱のために、生理食塩水と抗生物質の24時間点滴を始めました。8時間毎に点滴パックを替えるので、気が抜けません。

「入院する？」

O先生に聞かれ、お父さんは、しないと言いました。先生はカゴいっぱい大量の点滴薬を置いて帰られた。そのとき外まで送りに出た私にだけ、先生はこう言いました。

「もうそんなに長くないかもしれない。最後は家か、施設かだけど、家だと大変だよ。もう名大病院にも他の病院にも入れないよ。家族で相談して下さい」

私たち家族はまだピンと来ていなかったのかな。先生だけが焦っていました。

「これから（入退院を）繰り返す期間がだんだん短くなってくるよ」

とも言われたので、私はすぐ娘と息子にこのことをＬＩＮＥで知らせました。

8月28日（土）
【母と息子のＬＩＮＥ】
母　14：27　顔だけ見に来たら。入院したらもう会えないかも
息子　14：28　31日から忙しくなるから、今日、明日なら動けるよ！　畑見てから寄るわ

息子が畑でピーマンとナスを収穫してから家に来てくれて、お父さんは嬉しかったみたいで、涙声で話していた。私は息子に、お父さんには内緒で、

「時間があるとき、しん君だけでも来てくれると良いかな」

と言いました。もう親子の時間も残り少ないから、家族で来られなくても、息子だけでも来てほしい、ってね。

その晩、大変なことが起きてしまったのです。

【母と娘のLINE】

母　20：13　今ね、お父さんがトイレに行きたいと言うので、私が点滴を持ってウンチしてきたの。帰ってくる時に後ろ振り向いたら父さん、ひっくり返ってる。慌てて起こして、肩に掴まってもらって、ソファの近くでまた足がもつれて座り込んで、がんばってベッドまでやっとの思いで歩いてきた。ベッドとトイレが遠かった

娘　20：18　大丈夫？　力が入らないから？　昨日まで普通に家の中を歩けてたのに

母　20：23　そうだね、しっかり立てない。明日、ベッド上でウンチできる便器を買ってくるね

母　20：23　お母さん、（トイレに）連れていけないやー

おしっこは尿器でできるけど、大のときは点滴を私が持ち、一緒にゆっくり歩いてトイレに行きます。すごく気をつけていたけど、お父さんの足が細くなってしまい力が入らないから、危なくて気が気じゃなかった。介助の方法は仕事上よく知っているし慣れているけど、よろけるお父さんを私の力では支えきれず、限界でした。

子どもたちやケアマネジャーさんと相談し、ひとまず杖代わりになる点滴棒を手配してもらいました。

がんの終末期をどうするか

29日（日）もO先生が往診に来てくれて、引き続き点滴をしたけど改善しないので、名大病院に紹介状を書いてくれました。ただし入院できるかは分からない、今はコロナでベッドも人手も足りないから、ということだった。

「今回は入院できたとしても、退院してからどうするか。本人が家にいたいと望んでも家でずっとは無理なので、がんの終末期に入れる施設かホスピス（緩和ケアだけの病院）に入ることを視野に、家族で早めに相談して下さい」

O先生は、いくつか施設を紹介できるし、紹介状も書くと言われて帰りました。息子がすぐインターネットで調べ、家から近い、よさそうな施設を探してくれました。

8月29日（日）

【母と息子のLINE】

息子　13：12　本人の意思もある程度考えてあげないとね。資料もらって見学して、最終的には本人が決めればいいい息子　22：11　がんの末期（終末期）に入る緩和ケアだけの施設だから、本人が納得して、死が迫ってると自覚しないといけないみたいだよ

息子　22：14　お父は入退院くり返しているけど、今どのような状態にあたるの？　よく聞くステージとかはあるの？

母　22：14　治療はせずに、点滴位はするかな。生理食塩水ぐらい、あとは痛み止めなど症状の緩和だけ、治療はしない

母　22：16　在宅の先生は、よく頑張ってるって。がんの末期だよ、いつまでとはいえないけど覚悟だけはしておいてね、と言われている

母　22：19　肝臓の方までがんが広がっていて小腸を圧迫しているから、お腹が痛いとか吐き気がある。食べた物が通らなくなっているのかな。本人、そこまで深刻だと思ってないかもね

息子　22：21　末期は末期なんだね。お父は、先のこと自分で調べたりしてないっぽいね

母　22：22　Z先生は言わない。言ったらお父さんは凄く落ち込むから、明るく接している。O先生は、お母さんには言うけど、お父さんに直接は言ってない

母　22：25　だから家族でこれからどうするか話し合ってねって

母　22：26　病院は症状の治療はするけど、がんの治療はしても効果が無いらしいから

息子　22：27　来月になるとしばらく忙しくなるから、お母で調べられることは調べておいて。お姉にも協力依頼してね
母　22：27　後は在宅か、施設に入るかどちらか、お姉ちゃんとも相談してる。なるべく時間があったら会いに来たってね
息子　22：31　お母が在宅介護無理そうなら、施設に入ってもらわないと駄目なんじゃないかな。自分もお姉も頻繁に看病することは無理だからさ、本人が施設に入ることを受け入れできるかだけどね。土日で行ける時は顔を出すね
母　22：43　お願いしますね。辛いけど納得してもらわなくてはね

エアコンもつけっぱなし

翌8月30日（月）はO先生の紹介状を持って名大病院へ行く日だけど、朝からバタバタだった。まず介護保険の認定調査員が来て、ケアマネジャーさんも立ち会いに来てくれて、訪問看護師さんも点滴を抜きに来て大忙しででした。

認定調査は前回失敗しているので慎重になっていて、

「お父さんはベッドに寝たまま、質問にハイと答えるだけでいいからね。余計なことは言

わないでね」

そう念を押して、なんとか無事に乗り切りました。

これから病院へ行こうというとき、お父さんは落ち着いていた。本当は行きたくないのかもしれないけど、身体は痛いし、思うように動けないし、つらかったと思います。ずっと点滴していて水も飲めず、何も食べていなかったからね。

昼ごろ病院に着いたら、お父さんは熱があるので、まず新型コロナの抗原検査をして結果が出るまで別室で長時間待たされ、しんどそうでした。陽性だったら入院できなかったけど、陰性だったので入れました。

出発前、病院へ行くのに呼んだタクシーが予想外に早く来たので、慌てて、私はスマホを、お父さんは腕時計を家に忘れました。夕方、私一人で家に帰ったらスマホはテーブルの上にあり、エアコンも点けっぱなしで涼しかった。テレビだけは消してありました。

お父さんは入院できてやはり安心したのか、食欲も出たようで、

「夕食のパンをひと口とサラダを少し食べられました。ヨーグルトも食べたいです!!」

というＬＩＮＥを送ってきました。私はお昼を食べる時間もなく夜になってしまった。

8月31日（火）

【父と母のLINE】

母　8：53　おはよー、体調どうですか!?　今日まで良い天気なので、洗濯をしています。雲一つない晴天です。でも暑くなりそう

父　9：52　病室も暑いです。看護師さんの中には、出戻りですか？　と言う人もいました！　入院診療計画書には、急性胆管炎による発熱と食欲不振のため抗菌薬による治療を行い一週間位で退院を目指す、と書かれています。朝食はパンで完食、熱はありません!!

母　9：56　まだ点滴は続くのかな!?　手術はしなくて大丈夫なのかな

父　10：01　手術はしないようです。点滴は抗生剤を一時間毎に行っています

母　10：56　家にいた時と一緒だね。病院にいるとご飯食べれて良かったね

父　10：59　昼御飯が食べれるかな!?　レントゲンに行ったり、これからシャワー浴びて来ます

母　11：05　サッパリして来てくださいな

母　18：58　夜のご飯は食べれましたか!?　吐き気とかは無いですか

父　18：59　Z先生が様子を見に来てくれました。昼ごはんは普通食が出たので1割位しか食べれなかったけど、夜はお粥にしてもらったので食べました！　美味くなかったです。

明日はコンビニでおかず買って来ます
母　19：01　美味しくないのはしょうがないかな。がまんしなくちゃね。熱は無いですか!?
母　19：03　Z先生に、どうしたの!?　って聞かれなかった?
父　19：04　今から夕ご飯食べます。食欲ないけどね
父　19：08　入院してから熱は無いです。Z先生には説明しておきました
母　19：11　栄養のあるものを食べないとスタミナ切れを起こすよ
父　19：15　在宅でO先生が点滴してくれたお陰で熱も下がったからね。ご飯も沢山は食べられないね。代わりにお菓子は食べれるよ
父　20：13　明日は食べられそうなお菓子も見て来ます。甘い物としょっぱい物を一個ずつ?　今はお菓子もあまり食べたいと思いません

第五章　別れの秋　～先生にお礼を言っておきました～

今までのような元気はないみたい

お父さんはこの入院中、ＬＩＮＥを送ってもすぐ返事がなかった。心配になり、「お父さんにＬＩＮＥを送ってあげて」と、子供たちに頼みました。息子によると「みてね」を見ている形跡はあったみたい。「じいじの楽しみみたいだから、できるだけ（写真を）アップするようにしようかな」そう息子が言うので、お願いね、と言いました。

9月1日（水）
【父と母のＬＩＮＥ】
父　11：44　今朝起きたらお腹や腰が痛く、37．5℃でした！　最近は36．5℃で安定していたのでショックです父　12：33　最近は点滴台を持たなくて歩けるようになりました！
母　12：46　お互い気を付けて歩こうね
母　19：25　熱は下がりましたか？　熱が出てると食欲無くなるもんね。ただでさえ美味しく無い食事
母　19：27　私の夕飯は昨日の豆腐の残りと白菜とお肉で、すき焼きにします。ひとりで食べるのはつまんないね

9月2日（木）
【父と母のＬＩＮＥ】
父　6：17　こんな亭主で良かったらもう少し待っていて下さい!!　ゆっこ感謝しています

ホスピスという選択肢

この日、病院へ行ってお父さんとほんの数分、面会できた。その足で相談室へ寄り、Ｈさんから、がんの終末期に入る施設やホスピスについて説明を受け、施設の一覧表など資料をもらいました。すでに息子たちと二ヶ所ピックアップしていると言ったら、Ｈさんが

その中からまず聖霊病院に問い合わせてくれることになった。聖霊病院は産科からホスピスまで備えた総合病院で、私も行ったことがある所でした。
ただ、聖霊病院では審査があり、必ずＯＫが出るとは限らないそう。元気なうちに一度診察を受けると入れてもらいやすいので、早めに行ってみては、ということでした。もし名大入院中ならＺ先生が、在宅中ならばＯ先生が紹介状を書いてくれると言われ、いざというときはお願いしますと伝えました。
帰宅してからお父さんにＬＩＮＥして、今後について相談室で話を聞き資料をもらったから見てほしい、何か希望はある？　と聞いたんだよね。お父さんの返事はこうだった。

【父と母のＬＩＮＥ】

父　17：54　お疲れ様でした。今度来てくれた時か、退院した時に（資料を）見せてもらいます。色々骨をおってくれて有り難うございました

母　18：07　こういう緩和ケア病棟は何度でも面会、24時間いつでも（可能）。今はコロナだから少しは厳しいかな。でも普通病院のように面会禁止では無いみたいだよ。一度見学を兼ねて診察しに行こうね

父　18：44　宜しくお願いします

あまり気乗りしない返事だったけど、その晩、遅くなってからまたＬＩＮＥが来ました。

【父と母のＬＩＮＥ】

父　21：07　今、若いＳ先生が来てくれて、Ｚ先生と相談した結果、元気なうちに退院して今までと同じ様に熱が出た場合は、紹介された病院で治療を受けられた方が良いのではないかと言われました。紹介状はＺ先生かＯ先生に依頼すると

父　21：14　名大病院は手術が出来る患者を優先したい、痛み止めの薬は話してもらえば強い薬を出してもらえますと。病院も儲ける為には新しい患者を入れて廻したいよね！

母　21：19　そうなんだね

父　21：23　約一年間置いてもらえただけでも有り難いと思います！

その翌日、最初に名大病院へ入院したときから顔なじみの看護師さんが、お父さんのところに来て話してくれたみたい。それで少しは納得できたのかな。

9月3日（金）
【父と母のＬＩＮＥ】
父　18：07　今、看護師のＳＫさんが来られたので、明日退院することを伝えました。彼女の祖父も同じ様な病気で、最後は緩和ケアのクリニックに入って最期を迎えたそうです。専門的な治療を受けられて非常に良かったとのことです!!　こちらを勧めますとのことで、相談して良かったです
母　18：17　ＳＫさんと話が出来たんだ。良かったね

カウントダウンが始まったみたい

退院した晩、お父さんは娘にこんなＬＩＮＥを送っていました。

9月4日（土）
【父と娘のＬＩＮＥ】
父　20：06　こんばんわ♪　今日6日ぶりに退院しました。入退院の周期が短くなって、以前のように予測が出来ません！

父　20：11　鳥羽一郎のCD有り難うございました。30曲の内5曲ぐらいしか知りません。全部聞いて元気になります。これから音を小さくして聞いてみようかな！
娘　20：27　こんばんは。たくさん聞いて元気になろうね
父　20：30　今3曲目を聞いています。やっぱり、鳥羽一郎の演歌は良いね
父　21：28　15曲聞き終わりました。残り15曲は明日の昼に聞きます

実はこれが、父と娘の最後のＬＩＮＥです。その後、お父さんの体調が悪化し、私だけでは無理だったので娘に度々来てもらったから、ＬＩＮＥする必要もなかったのかな。

9月6日（月）
【母と娘のLINE】
母　14：26　またお父さん嘔吐が始まったよ。あんまり食べてないのに、薬のせいかな？
娘　14：36　心配だね、吐くのも体力使うから。熱は出てない？　薬の副作用でも吐き気が入ってるかもね
母　14：59　熱は37℃台をいったり来たりが続いてる
娘　15：04　先生に来てもらう？　また点滴かな？

母　15:15　今来てるよ
娘　15:17　すぐに来てくれてありがたいね
母　15:18　すぐでもないけどね。O先生が言うには、もうカウントダウンが始まってるかなって
娘　16:12　体調良くならないもんね
母　16:28　聖霊病院に連絡した。30日（木）に聖霊病院の診察があるけど、ゆかりさん行けるかな？　11時からです。本人が行けない時は家族でも良いんだって。しん君が休めるならお願いしたいんだけどね
娘　16:31　その日は中間決算の棚卸しで動けない。しん君も仕事が28日にあるからわからないって
母　16:57　9月までの決算だね。お父さんが行けないなら、お母さん行くけど。お母さんがいない間、Aさん来てくれるかな、お父さんの世話に。行けるなら一緒に行くけど、お父さんを一人でおいておけないから、誰かいなくてはね
娘　17:01　病院はお母さん行ってもらって、お父さんみてよっか
母　17:01　それでも良いけどね！
娘　17:07　お父さん、それまでもつかな？

母　17:07　もっと早くに診てもらいたいね
娘　17:08　最後の最後に入る所だからね。もう治療はしないからね
母　17:26　早くに退院しても、家でこうだから心配だよ
母　17:28　先生は、家族が側にいた方が良いよって
母　17:29　家族の負担も大きいけどね
娘　17:35　金曜日の夜行くね！　行くとお父さん無理するからサー、少しでも元気なの見せたいのかな
母　17:37　点滴してたら動けないから……
母　17:41　今日も色んな人から電話で忙しかった。訪問看護の看護師さん、ケアマネジャー、名大病院の地域連携の相談窓口の人、聖霊病院の相談窓口の人、みんな繋がって連携している。名大のZ先生や在宅のO先生も。スゴイな、みんなお父さんの為に動いてくれてるよ！
娘　17:44　そんなネットワークがあるんだね。
母　17:46　一人に電話すると他の人に繋げてくれる！　電話しておくよって
娘　17:47　ありがたいね！　話が早い
母　17:49　今度の木曜にケアマネジャーが来てくれるよ。介護保険のサービスを何かし

てもらおう

母　17：51　お父さんが今までやっていて、お母さんが出来ないことをヘルパーさんにやってもらう

娘　17：53　しん君から、土日に見学に行ってもいいって、

母　18：36　日曜日、お父さん動ける様なら行けるけど

ところが翌日、O先生から電話があり、聖霊病院に入れないかもしれない、今はベッドが空いてないから、と言われました。お父さんがもつのか、とても不安でした。

O先生と看護師さんには毎日、何度も来てもらい、他にも家にいろんな人が出入りして、お父さんのために手を尽くしてくれました。

9月7日（火）

【母と娘のLINE】

母　10：12　今日も調剤薬局の人が点滴を運んでくれた。10kgの箱入り、先生に取りに行けるかって聞かれて無理って言ったら、配達してくれたよ！　後から看護師さんが点滴取り替えて、ついでに身体を拭いて着替えもしてもらうよ。ナナちゃんがいなくて良かった

かな？

娘　10：15　体力落ちたけど、お父さんの生命力、信じるしかないね。配達もありがたいね

娘　10：17　何だかナナは、こうなること予測していたみたいだね

母　10：24　ナナちゃんに、お父さん守ってねって話してるよ

母　11：27　今、看護師さんが来て、身体拭いて着替えして、点滴の交換と契約書の説明して、次の患者さんの所に行くって。その人も嘔吐があるとか。本当、忙しそう

娘　12：17　木曜、在宅ＯＫだよ

母　12：21　ありがとうね。明日の夜、来るんだよね

母　13：03　今日の夕方に点滴棒が来る予定です

看護師さんが、ベッドにいるお父さんの着替えとシャンプーをするとき、ナナちゃん用のおしっこシートが役に立ったよ。お父さんも、起きるのはつらそうだけど、看護師さんと楽しそうに話していました。お父さんは食欲が出たようで、何か食べたいと看護師さん経由でO先生に話してもらうと、先生が再度わざわざみえて、

「お粥をちょこっとだけね」

と、念を押して帰られました。

もう会えるのは時間の問題

9月10日（金）にはO先生が「家族の人と読んで下さい」と言って、終末期についての注意書きを渡されました。その紙には、普通に話をしていても急激に悪くなるのががん患者、亡くなる前日でも普通に話ができる、という文章がありました。すぐ子どもたちにも知らせて読んでもらいました。

9月10日（金）

【母と息子のLINE】

母　13：29　予定は入れないで、じいじに会いに来たってね。もう会えるのは時間の問題だから

息子　13：31　土曜はお母が仕事だったっけ？

母　13：32　お母さん仕事やめたよ！　出来るだけお父さんの側に居るよ！

母　13：44　月曜日、名大病院で診察なんだけど、Z先生に出来るだけ早く聖霊病院に入

れる様お願いすれば何とかなるかナーって O先生言ってたよ！　30日まで持たないかもって

母　13：46　がんの場合、急激に悪くなるって

母　13：47　名大には多分入院は無理かも。お願いはするけどね

息子　15：47　月曜は送り迎えできないけど、タクシーでなんとかなる？

母　19：07　タクシーで行くよ、お姉さんが休み取ってくれたので、行ってくれるかな

母　19：12　お母さん家でみるの限界だから、早く聖霊病院入れる様に言ってくれるといいかな

母　19：14　明日か明後日来れますか？　なるべく来てあげてね!?　色んな話したげて。昔の話でも良いからね

息子　19：15　とりあえず明日行こうかな

母　19：22　ひとりでもいいよ！　職場の上司に今の状態伝えておいてね。急激に悪化するから家族に伝えてって、O先生に言われてる

息子　19：25　Mが行ってもお父は何もしてあげられないって言うけど、お互い顔合わすのはいいことだと思うしね

母　19：28　じいじも喜ぶよ!!

入院できてよかったよ

9月13日（月）は名大病院の外来で、タクシーで病院へ着いた所からお父さんは車椅子に乗りました。でも血液検査室に着くと降りて、一人で歩いて入っていったよ。でも、終わって出てきて車椅子に座ったとたん冷や汗が出て、診察室の前まで行ったけど苦しそうだったので受付の人に伝え、奥のベッドで寝かせてもらった。看護師さんが血圧を測ったら100以下で、外来のZ先生がみえて点滴をした後、入院となりました。

「やっぱり入院になったんだ、でも入院できてよかったよ」

と、家族で言っていました。

9月13日（月）

【父と母のLINE】

母　17：40　入院できてよかったね、ホッとできますね。手術したら楽になると思います。頑張ってね

9月14日（火）

【父と母のLINE】

父　10：18　おはようさん！　有り難う、頑張ります！　今、消化器外科の名前を知らない先生が来てくれました。ステントの詰まり具合によって、炎症を早く治す為に鼻からチューブを出すかも知れないね、内科医の判断になります、とのことでした

母　20：09　今日、ケアマネのMさんに入院した事を報告しようと電話したら、もう知ってみえました。ステントの入れ替え手術を水曜日にしますって、みんなすでに連絡がいってました

入院荷物を持っていかなかったので、翌日の火曜日に、娘に届けてもらった。お父さんはナースステーションの所まで出てきてくれて、

「夜も朝もお粥を食べれた」

と、言ったそうです。病院のお粥が美味しかったのかな。翌15日（水）にステント手術をすることになり、お父さんも安心したようだった。

9月16日（木）
【父と母のLINE】
母　9：06　おはよー、体調いかがですか!?　今、整形のリハビリに来ています
父　9：41　おはようさん、未だ完全とは言えないけど手術前よりは良くなっています！
昨日手術してくれた内科医も来てくれて、血液検査の結果、手術による問題はありませんとのことでした。体温は6時頃、37．2℃、今、37．5℃です
母　10：02　今帰って来ました。体力も落ちているから、回復するのも時間がかかるかな。時間はたっぷりあるから、ゆっくり回復するのを待ちましょう。熱がある内は先生の言う事聞いて大人しくしてて下さいね
母　10：16　今日、3時か4時位に行く予定だけど、着替え以外に要る物ありますか？
持って行けたら持って行きますよ♪
父　10：17　分かりました！　今レントゲンから帰ってきました
父　10：19　ご飯のお伴があると助かります!!
母　10：21　ご飯食べれそうかな!?　何か見つくろって持っていきます
父　10：22　宜しくお願いします
母　14：52　受付に着いたよ。ナースステーションに荷物預けるね

父　14：53　ラウンジで待ってて下さい!!
母　15：01　ラウンジに居るよ
母　17：27　家に帰ってきました。帰りに（相談室の）Hさんの所に寄って来ました。家に居る時はどういう状態ですか、って聞かれて、ほぼ一日ベッドにいて、起きれる時は点滴棒持ってトイレに行くくらいと話しました。うん、うんって黙って話を聞いてくれたよ。帰りはタクシーで帰りました
父　19：03　お疲れさまでした。ゆっくり休んでください！　有り難うね
父　19：12　今、Z先生が来てくれて、食欲が落ちましたと答えたところ、昨日手術したばかりだからそのうち食べれるようになると思います！　とのことでした!!　少しずつ動いて下さいとのことです。今はだるいからね
母　19：23　そうだよ、絶食していたから、じょじょにだよね。お腹傷つけているのだから、元にもどるまで時間がかかるよね、若くないんだから
父　19：27　分かりました！　ぼちぼち（＊スタンプ）

この日、ラウンジに出てきてくれたお父さんは、少ししんどそうだった。5分くらいで、横になりたいと言って病室に帰っていった。コロナ禍で本当は面会できないのに、この

〝密会〟を、病院の方々が黙認してくれたのかな、有り難かったです。

これからもよろしくお願いします

お父さんは、この週末には退院できると期待していたみたいだけど、血液検査の結果、やはり延期になり、がっかりしたようです。

9月17日（金）

【父と母のＬＩＮＥ】

父　13：31　今、若い先生が来てくれて、今まで先生に言われていた退院する日と違うので、家族に聞いて連絡しますと答えておきました

父　13：39　奥さんや家族の方々が心配されているので、来週いっぱい入院して良くなったら退院しても良いですよ、退院して数日後に聖霊病院に行けば良いのではと言われました

母　14：34　なるほどね。退院してもまたすぐに入院するより、ゆっくり治してからの退院の方が安心だけどね。入院している方が食事も取れてるみたいだしね

父　15：52　体調が完全とは言えないので、来週いっぱい入院させてもらいます。家にいても何も手伝えないし、かえって手間をかけるから病院にいた方が安心だものね!?　看護師さんに報告しておきます
父　15：53　お金がかかるけどよろしくね
父　16：23　今、（相談室の）Hさんが突然来られ、いろいろ話をさせてもらいました
母　16：45　Hさんやさしいでしょう。うんうんって話聞いてくれたよ
母　16：47　今回は手術もしたし保険金も出るからいいと思うよ
父　17：02　今日もウンウンとうなずいて聞いてくれました！

9月19日（日）の午後、退院が延びて足りなくなったシャツやズボン下、食べたいと言われた漬物（たくあん）などを届けるために、午後2時半ごろ、娘と病院へ行った。その前に娘が熱田神宮の御守りを買ってきてくれて、お父さんは喜んでいました。

9月20日（月）
【父と母のＬＩＮＥ】
父　12：46　昨晩は睡眠薬をもらって飲んだらよく眠れました。昼からは鉄剤の薬を出し

てくれるそうです。病院にいて良かったです!!
母　12：47　朝、新聞を取りに行くついでに、家の周り歩いてきました。ナナちゃんと歩いた道です。15分位だけどね
父　12：48　お互いに気を付けていこうね！　これからもよろしくお願いします

介護タクシーと車椅子

そろそろ、二回目の介護保険認定の審査結果が出る頃でした。

9月21日（火）
【父と母のLINE】
母　10：39　今日は輸血をするのかな
父　11：12　未だ分かりません。朝の飲むお薬がだんだん増えて15錠でした。これでも食前に飲む一種類断りました
母　12：16　点滴はまだしてるの!?　そんなに薬飲んだら水も飲むからお腹膨れてしまうね

父　12：24　今は点滴していません!!　飲み薬だけです。相変わらず食欲が出てきません

母　12：27　薬の副作用もあるのかな!?　まあ、食べれるものだけ、無理に食べなくても良いからね。水分補給だけはしてね

父　13：25　分かりました

母　19：03　今日、ケアマネのMさんから、介護タクシーの契約の話がありました。車イスのまま乗れるそうです。車イスないよと言ったら、借りときましょって！

母　19：05　ひと月500円だそうです。そうだ♪　介護保険の認定も要介護2になったそうです

9月22日（水）

【父と母のLINE】

父　8：11　おはようさん、色々と話を進めてもらって有り難うね♪

お父さんが要介護2になった翌日、もう車椅子が届けられました。最新のフル装備だそうで、フットサポート（足台）、アームサポート（肘置き）も可動式で、私でも持ち上げられるくらい重量も軽い。介護ベッドも多機能なものに変更になり、ベッドマットも替わ

り、歩行補助杖などの福祉用具も次々届き、家のあちこちに手すりも取り付けられ、感謝するばかりでした。

ラウンジで戻してしまった

お父さんはよく、食べ物の差し入れを頼んでいました。食べて少しでも元気になりたかったのかな。

9月23日（木）
【父と母のLINE】
父　12:18　醤油、ふりかけのゆかりがあればお願いします。塩にご飯では不味いよね！
父　14:23　これからシャワーに行って来ます
父　15:08　シャワーから帰りました!!!
母　15:18　もうすぐ着きます。病院に着いたら連絡しますね
父　15:19　宜しくお願いします
母　15:31　着いたよ、ナースステーションに持って行くね

父　15：32　ラウンジで待ってて下さい！

この後、ラウンジで会えたけど、お父さんはそこで気分が悪くなり、戻してしまった。

母　17：45　家に帰って来ました、もどしたりすると身体がしんどいね。ヨーグルト持って帰ったけど食べれないのかな!?　胃腸には良いと思うんだけど
母　17：49　何か食べたあとは、少しは起きてると良いよ。家でしてたようにベッドの背中を上げておく。座っているのがつらかったらね
母　17：49　水分は取れてる!?

お父さんから、なかなか返事が来ませんでした。

母　17：50　病院に居ると曜日も分からないね、今日はお彼岸だよ♪
母　17：51　吉田整形の近くに彼岸花が咲いていたよ
父　19：35　早く外の景色を見たいけどね。ヨーグルトを食べたいと思いません

病院からホスピスへ

9月24日（金）の午後4時すぎに、ケアマネジャーのMさんと介護タクシーの人が家に来て、介護タクシーの使い方を教えてもらいました。いろいろ制約があり、使えるのは家から病院、病院から自宅だけだそう。家から病院でも私だけ乗ってお父さんを迎えに行くのはだめで、病院からホスピスへ移動するときも使えないと言われました。

9月25日（土）
【母と娘のLINE】
母　18：25　名大の先生が、30日に聖霊病院に行く予定なのでそれまで入院していたら、と提案してくれたそうです。退院した足で聖霊病院へ行く流れです。入院出来るかわかんないけどね。入院出来なければ今まで通り在宅医療になります
母　18：31　お父さん、食欲は余りない。食べるけど、もどしたりしているみたいです。点滴はしてないみたいだけど
母　18：35　前に行った時、ラウンジで相撲を見ていて、スマホを忘れたみたい。取りに

行ったら無くて、誰かが拾って防災センターへ届けたみたい
娘　18：36　手元には戻ったのかな
母　18：36　看護師さんに取りに行って貰ったら、本人しかダメって言われて、取りに行ったって！　歩くのもしんどいみたいだけどね！
娘　18：37　変なところで厳しいよね……！
母　18：39　ゆかりさんの熱田神宮の御守りのお陰だって、喜んでたよ！
娘　18：39　ダブルパワーだもんね

娘が二度行って買ってくれた2個の熱田神宮の御守りを、お父さんはスマホに付けていた。そのダブルパワーが効いたのかスマホは無事に戻り、食欲も少し出たみたいです。

9月26日（日）
【父と母のＬＩＮＥ】
父　8：12　おはようございます。先日持って来てくれたブドウがすごく甘くて、あれば少しほしいです
父　8：14　ボールペンも2本欲しいね！

母　8：17　了解です。皮ごと食べれるブドウです。生協で買ったけど、三越では1500円以上するよ。たまのことだから頑張って買ったよ

母　8：17　高いだけあって美味しいよ

父　8：21　普通のブドウで良いです！

母　9：24　ブドウはまだ冷蔵庫に残っています。持って行きますよ

父　9：24　長い間買い物に行ってないから、何が出回ってるか分からないのでごめんね！ブドウはゆっこが食べれば良いよ。柿が少し欲しいです。カミソリの替刃も持って来て下さい！

母　9：47　バナナはあるよ♪

父　10：09　一本持って来て下さい！

母　10：49　はーい、今日、ゆかりさんが来るってメールが来たから、一緒に行きますね、2時か3時ぐらいになるかな

父　10：52　天気悪いのに申し訳ないです。気を付けて来て下さい

母　10：57　雨ならタクシーで行きますよ。晴れたら地下鉄で行きます

父　11：08　食べることばかりで申し訳ないですが、ゆで玉子2個位欲しいです!!

母　11：11　久しぶりだね。今から作ってきますね

父　11：13　手間をかけるからごめんね♪
母　11：31　食欲が出て来たのかな。良かったね。手間だなんて思ってないから大丈夫だよ
父　11：36　少し欲しい物が出てきました。食欲の出る薬を出してもらったからね
母　11：36　良かったね
母　15：01　今家を出ました、病院に着いたら連絡しますね
父　15：02　いつものように受付で渡して下さい！　ラウンジに行きます
父　19：09　今日はお疲れ様でした。早速、ゆで玉子と田舎あられを頂きました。久しぶりだから美味しかったです

果物と田舎あられは、お父さんの大好物です。田舎あられは家のベッドの上でもポリポリと食べていて、お父さんに頼まれて娘が何度も取り寄せてくれました。

9月28日（火）
【父と母のＬＩＮＥ】
父　9：07　おはようさん、今、Z先生が来てくれて、心配してくれました。長い間置いて

もらったお礼を言っておきました
父　9：22　（顔なじみの看護師の）ＳＫさんも顔を出してくれて、聖霊病院は非常に良いところなので安心してください！　と慰めてもらいました
母　10：11　ＳＫさん、木曜日いるかな!?　会いたいけど
父　11：24　昨夜、夜勤だったから、顔を合わせたら聞いておきます！

9月30日（木）は名大病院を10時に退院し、息子の車で聖霊病院へ向かい11時に診察を受けました。そこで、お父さんが、また元気なフリをするものだから、入院できず家に帰されてしまったのです。在宅ケアのO先生は、エーッ!!!　と驚いていました。

すごい食欲

聖霊病院から帰された後、お父さんは家で色んなものを食べていました。

10月3日（日）
【母と娘のＬＩＮＥ】

母　9：10　おはよー、起きてるかい。いろいろ家の事やって貰って有り難うね。助かりました。ドーナツ、ゆかりが帰る時、テーブルに置いてあったよね。朝起きたら一個しか入ってなかったよ！　ベビードーナツ（四個入り）
母　9：10　お父さんに聞いたら、トイレに起きるたびに一個ずつ食べたって！
娘　9：29　お父さん、よく見つけたね（笑）　また買っていくよ

10月5日（火）
【母と娘のLINE】
母　9：49　おはよー、やっと朝の仕事が終わってほっとしています。朝お父さんもお風呂に入ってサッパリしたそうです。食事もいつも食べるオープンサンド、昨日作ったら、今日も食べたいって。あとでバナナも一本食べた
母　10：01　今、引き出しや、薬の整理をしています。田舎の墓参りの食事の予約も済んで、着々と準備しております
娘　12：20　O先生、来てくれたのかな？　すごい食欲だねー、今まで食べなかったものが食べたくなるのかな？
娘　12：24　予約もしてくれたんだ！　おばあちゃん家の近くかな。よっぽど楽しみにし

てるんだね
母　12：36　先生、来てくれないな。今のところ、普通に元気だもんね。何かあったら連絡して下さいと言われてたから。少し微熱があるかな、37℃ちょっとだから心配するほどじゃ無いかな？

お父さんは、いつも兄のくっちゃんと二人で行っていた故郷・三重県五ヶ所の墓参りへ、10月9日（土）に家族全員で行こうと言って、ランチする店の予約電話まで自分で入れました。家族でお父さんの田舎へ行くのは子どもたちが小さいとき以来。ランチする店は地元の同級生に紹介してもらったエビフライやカキフライの美味しい店なんだって。お父さんはすごく楽しみにしていました。

イライラが募っています

お父さんは、気分のいい日は動き回り、体調を崩して寝込む、その繰り返しでした。家事をしてくれるのは有り難いけど、私としてはイライラが募るだけ。

10月7日（木）

【母と娘のLINE】

母　16：05　今、お父さん、洋服ダンスの中の着ないもの整理してるよ。朝ごはん食べたあと、ずーっとベッドで寝てたくせに、昼ごはんも食べなかったのに、少し動かないかんって。何を考えてるか分からん。ごみ袋持って来て。今しなくても良いよって言ったのだけどね

母　16：06　お母さんイライラが募っています。せめて、田舎行くまで大人しくしてほしいけどね。いつも、無理して悪くなるのに！

娘　16：14　お疲れさま。行動がよくわからんね。言っても聞かないでしょう（笑）無理して動いたりしたら、また熱出るのにね……

母　16：14　楽しみにしてる田舎にも行けなくなるよ！

母　16：15　（ごみを）ひと袋作って、またベッドに寝てる。自分の身体がシンドイのにね。ズボンも痩せたからもう穿けないから捨てるって。ネクタイもしないから捨ててる

娘　16：26　本人の満足するようにやらせてあげたいけど、しんどいなら今じゃなくていいのに

母　17：38　同じ事繰り返してるよね、畑に行って、熱中症になって熱は出る、震えは出

るで、先生呼んで点滴して！　退院してきて、本人治ったつもりで動いて。無理して動いて、何回もやっているのに分からないから……。同じ事を何回も繰り返してるのに、自分がシンドイ思いしてるのに分からないのかな!?

娘　17：43　分からんだろうね。自分は無理してないって思ってる……。強い痛み止め飲んで動けてるだけなのにナー

母　17：45　CD、電池入れ替えて同じの何回も聴いてるよ！　北島三郎も聞きたいって

母　18：02　今日、B＆D（ドラッグストア）に買い物に行きました。毎日、朝はオープンサンドだから……。今日で4日目。パンが無くなったので、お父さん、鈴のカステラ欲しいって、探したけど無かった

母　18：04　最近、あれが欲しい、これが食べたいって、うるさい。人が他の事しているのに！　一度に出来ないって言っているのに!!

母　18：08　今、ご飯食べてます。昨日の刺し身を煮たものに、生協の親子丼を食べてます

お父さんは動き回り、よく食べていましたが、眠れなかったようで、往診に来たO先生が睡眠導入剤を出していかれました。

田舎行き中止

お父さんが本当に楽しみにしていた田舎の墓参りは、結局、行けませんでした。

10月8日（金）
【母と息子のＬＩＮＥ】
息子　19：18　明日は予定通りでよさそうかい？
母　20：29　はーい、くっちゃんが7時頃に家に来て朝ごはん食べる予定だから、遅くても8時に来れるかな？
息子　21：06　頑張るわ

その夜に、お父さんは突然倒れてしまったのです。

10月9日（土）
【母と息子のＬＩＮＥ】

母　6：38　お父さん、ちょっと無理っぽいかな、お風呂に入るって言いながら起き上がってこない。本人行くつもりだけどね。夜中にトイレ行く時、突然お母さんの隣にドスンと倒れるし、大丈夫？　って聞いても、大丈夫って言うし。大丈夫じゃないのに！
息子　6：39　お姉から聞いたよ。今日は中止にした方がいいね
母　6：39　その後、ベッドの側に立っているから、トイレ？　って聞いたら、トイレって。連れていったけど、失禁してるし。今は寝てるよ
息子　6：41　お姉からは、予定通り来てって言われてるけど、行った方が良い？
母　6：42　前にO先生から貰った紙、終末期の、その症状が出てるよ。手足を動かしたり、お姉さんの話もうわのそらだしね
息子　6：46　早めに行くつもりだったけど、とりあえず8時くらいに向かうね
母　6：50　予定通り来て、お父さんの症状を見て、しん君からもう止めたらって事、言ったって。今もトイレって言うけど、立ち上がれない。ポータブルトイレでしたけど、ベッドに寝るのもそのまま倒れるから柵に頭打ちそうになる！

　夜中に倒れ、無意識に身体を動かした本人は、そのことを全く覚えていなかった。これが終末期の症状なのか、と思いました。

「たぶん出かけていたら、行き先で倒れたと思う。お墓にいるおじいちゃん、おばあちゃんが、来るなと言ってたんだと思うよ」

と、在宅ケアのO先生からも言ってもらいました。

この日は家で、お父さんが食べたがっていたエビフライとカキフライを買ってきて、みんなで食べました。それもお父さんは覚えていなかったみたい。

10月10日（日）

【母と娘のLINE】

母　16：20　お父さんが昨日、エビフライとカキフライ食べてないと言っとります。帰りにeffe（スーパー）で買ってきて。お父さんがお金払うからって！

娘　16：23　ほんとに覚えてないんだね。お寿司も食べたんだよー

母　16：23　今、やっとお風呂に入りました。時間がかかること！　記憶が無いんだって！

娘　16：23　朝からどれだけ時間たってるだろう？（笑）effeのがいいかな？

母　16：35　トンカツの和幸、専門店だから美味しいよ！　エビフライもカキフライもあると思うよ

母　17：35　お父さんはエビフライ2個、カキフライ2個だそう。お母さんは1個ずつでいいよ

娘　17：50　うちら昨日も食べたしね。お父さんだって1個ずつ食べたよ！

母　18：03　今日も何回も言ってる。エビフライとカキフライ食べたいって

娘　18：05　よっぽど食べたいんだね（笑）

母　18：08　田舎に行って、それを食べることが楽しみだったんじゃない!?　その事が脳にインプットされて、行けてないから食べて無いって。今までは、豚カツはよく買って来たけど、エビフライやカキフライ食べたいなんて言わなかったよ

ありがとうの言葉が救い

その翌日の10月11日（月）は名大病院の外来予約が入っていて、娘にも付き添ってもらい朝早くから受診しました。その後、病院の食堂でうどんを食べて帰り、家でも赤福や田舎あられをポリポリ食べていた。でもまた次の日は、とても具合が悪かったなぁ。

10月12日（火）

【母と娘のＬＩＮＥ】

母　9：03　今日は急変しています。朝ひげ剃る、風呂入ると言ってたのに、まだ寝ています。トイレも尿器で30分おきに出ると言って、出ない。3時間の間に3回くらい。少し出た。熱を測ったら38℃以上あったよ。頭冷やして薬飲んで、先生呼ぼうかといったら、いいわだって。しんどくない？　って聞いたら、シンドイ。O先生よっぽど嫌なのかな？

娘　9：21　おはよー。なんかおかしいね、昨日の診察で疲れが出ちゃったのかな？

娘　9：21　あまり熱が下がらなかったら、先生に来てもらった方がいいね

母　10：15　さっき測ったら39℃近くあったけど、本人は先生呼ばなくっていいって言うから、ほっとこうかな？　何回言ったことか

母　10：17　看護師さん呼ぼうかと言ったら、O先生も一緒に来るから呼ばなくていいって

娘　10：19　Z先生は、名大病院を退院した後、すぐに聖霊病院に入院すると思ってたんじゃない？

母　10：21　昨日も、他の病院に入院していたら来なくていいですって。帰る時に、次の予約のところにもそう書いてあったよ

母　10：23　お父さんの介護認定の時もそうだけど、聖霊の先生の前で元気そうにしてる

から
母　10:23　なんでO先生来るのが嫌なのかな？　余命宣告されたから？　先生に処方された薬飲んで、お墓参り行けなかったから？
母　10:24　今すぐどうのこうの無いですすと、どうして聖霊（病院）の先生の前で元気なフリするのかな？
娘　10:26　まだ入りたくないって気持ちがあるからじゃない？
母　10:27　Z先生も、他の病院へ行きなさいって紹介状書いてくれたのに
娘　10:44　名大病院ではもう治療するわけじゃないからね……。本当は診察に行く必要ないんだよね
母　10:54　わざわざ在宅医療のO先生を紹介してくれたのも、名大の地域医療の相談員のHさんなんだけどね。通うのが遠いから在宅医療に変わったんだけどね。本人も大変だし、家族も大変だし、お金もかかるから本当は行かなくても良いと思うけどね
娘　11:00　うん、Z先生にもそう言われてたよね！
娘　16:38　お父さん熱下がった？
母　17:29　熱は下がったよ。食欲はあるみたい、お菓子食べてるよ。でもベッドで寝てるよ！　まだCD来ないかって。今日は届かなかったから、明日かな？

母　18：52　お菓子食べたいとか、暑いとか、着替えるとか、部屋の中ウロウロしてる。電話かかってくるし、お母さんは足痛いし腰痛いし、リハビリも2回ぐらい休んでいるしね、疲れた

娘　18：55　動きっぱなしだね。来週あたり行こうか？

母　18：57　外に仕事行くより、じっとできないね。昼寝も出来ない、テレビを見てない、ついているけどね。お願いしようかな？

娘　19：00　会社に事情は話してあるから、大丈夫だと思うけどねー

母　19：22　お母さん、自分の事が出来ないストレス溜まってんのかな。自覚は無いけど

娘　19：27　溜まるだろうねー。イライラして爆発しないようにね……。

母　20：30　するかもね。今でも言ってるよ、あれもこれも一度に出来ないって、待っててって。何かしている時に言われるとね、すぐに動けないから

娘　20：57　お父さんも自分が動けない分、ストレスになってるからさ

母　20：59　でも何かしてあげると、有り難うって言ってくれるから、救われているけど

お父さんまた泣いちゃった

もう終末期の症状が出ているので、「いつ何があってもおかしくない」と、在宅ケアクリニックのO先生から言われていました。本人には言わなかったけどね。

10月15日（金）
【母と息子のLINE】
息子　19：23　じいじ久しぶりに「みてね」見てたけど、しばらく体調悪かった？　それとも携帯の調子が悪かったのかな？　明日は顔出した方がいいのかな
母　19：28　今日お姉さんも来てくれるよ。時間があれば出来るだけ顔出したってね。時間の問題で、今は余命だと思って。先生は、家に帰ってくるとは思ってなかったみたいだよ！
母　19：29　本人の頭がしっかりしてる内に、親子の会話をしてね

お父さんが急に「あさくまの和風ハンバーグを食べたい」と言い出し、自分で息子にL

ＩＮＥして誘っていました。あさくまは家族でよく食べに行った、家の近くのステーキレストランです。サラダバーが豊富で、カレーにご飯、スープ、いろんなデザート、ソフトクリームマシーンまで置いてあり、家族みんな好きだったな。

10月17日（日）

【父と息子のLINE】

父　6：56　おはようさん、今日のお昼はあさくまで食べようか？　都合よければ連絡ください！

息子　6：58　まだ皆寝てるから、起きたら聞いてみるね

父　7：00　はーい！　宜しくお願いします

息子　7：39　あさくま食べたいって！　12～13時に着く感じでいいかい？

父　8：09　良いよ、（大人）5人と（孫の）Mちゃんで予約頼みます

息子　11：04　あさくま電話したけど、席の予約はできないってさ。インターネットも電話も断っているみたい。直接店に行って、混んでたら待つ感じだね

息子は私に、お父さんが本当に行けるのか、ＬＩＮＥで聞いてきました。

【母と息子のＬＩＮＥ】

息子　9：02　お父が今日の昼、あさくまにするって言ってるけど、本人は行けそうな感じかな？

母　9：05　本人、体調良いみたいだよ。朝からお風呂に入って着替えも自分でして、新聞も自分で取りに行ったよ

息子　9：06　あさくまは座敷、テーブルどっちがいいの？

母　9：07　あさくままで歩いて行く気満々だけど、今までトイレと食事する時以外ベッドで寝てたからね。お父さん座敷がいいって

息子　9：08　そしたら予約してみるわ！　12～13時の間で

母　9：10　体力ないから出来るだけ温存して長生きするって考えは無いのかな

母　9：11　いつも体調良いと無理して体調壊して入院してるのに、学習しないのかな

元気なら歩いて5分たらずの距離だけど、私も歩くのがつらいから、息子の車で移動しました。お父さんも無理して歩かなくてよかった。店に入るところの段差の大きい階段も一人で上がれないし、席に座ったら立ち上がるのもしんどそうだったからね。

亡くなる２週間前、みんなで「あさくま」に食事に行きました

「自分が歩けなくなっているのがショックで、お父さん、また泣いちゃった」と、お父さんを手助けしてくれた娘から、後で聞きました。私も足腰が痛いので、階段はしんどいからね。でも、だいぶ痩せてしまったお父さんも、食べたがっていた和風ハンバーグを完食したよ。

この外出でお父さんは疲れたようで、帰宅すると薬を飲んでベッドに横になり、娘に買ってもらったサブちゃんのＣＤを聴きながら、イカのお煎餅をパリパリ食べていました。

あさくまでＡさん（息子の妻）が撮ってくれた家族の写真を、息子が「みてね」にアップすると、翌日お父さんがコメントをつけていました。

「昨日はお疲れ様でした。皆の笑顔を拝見しながら嬉しかったです!!　じいじも太らないと駄目だね！」

家で最期を迎えるよ

あさくまの翌週、お父さんの体調が急激に悪くなりました。

10月22日（金）
【母と娘のＬＩＮＥ】
母　14：00　今日ね、朝からお父さん熱が出て腰が痛い、肩が痛いで大変。38℃以上あったので先生に電話しようかと言っても、イイって言うし。熱下がらないから何回も言ったけどね
母　14：00　薬飲んでも下がらないので、先生と看護師さんに来てもらって点滴してるよ。先生が、病院行くかね、と言われたけど、家で点滴するって。8時間ごとにしなくてはいけないから、お母さん大変だけどね
母　14：02　先生は、いま病院に行かないと家で最期を迎えるよ、と言ってる

娘　14：11　また熱出てるんだね……。お父さんのこと思って、みんなそう言ってるのにね

母　14：26　いつもの熱だよ。三週間もったよね。先生も、今日しか入院は出来ないよ、明日から病院休みだからねって

娘　14：28　もう入院するとしたら聖霊病院かな。なんか、いつも病院休みで、やってない時になるよね

母　14：30　名大病院に入院できるかは分からないよ。明日もO先生と看護師さん来てくれるよ。今日もお母さん、リハビリをキャンセルしたし。お父さんあちこち痛いっていうけど、こっちだって動くと痛いんだって。自分だけ痛いと思っている

夜間の点滴は私が見ないといけないので、やり方を看護師さんに教わった。8時間毎だと朝の7時、午後3時、夜11時が一番いい、1分間に何滴落ちるようにセットする、30分でなくなるから落ちきる前にストッパーをする等、気が抜けず、寝る暇もなかったな。

涙ぐんで先生にお礼を言った

週明けの月曜日は、一応、名大病院の外来予約があった。行かなくてもいいのに、お父さんが行きたがり、朝、看護師さんに電話で教わって点滴を外し、娘にも付き添ってもらい三人でタクシーに乗って向かいました。

病院ではいつもの血液検査もなく（しても悪くなっているから）、診察もZ先生と面談しただけです。お父さんは涙ぐみ、先生にお礼を言ったよ。信頼が厚かったからね。

Z先生だけが、病室に来てくれるとき必ず腰かけて、横になっているお父さんの目の高さでお話ししてくれたんだって。それは信頼するよね。

「あのね、コンビニと一緒。ローソンだ、セブンイレブンだと名前は違っても、売っているものはみんな一緒でしょ、医者も同じなんですよ」

そう、Z先生はお父さんに優しく言っていたけど、本人にとっては唯一無二の先生なんだね。その後、三人でお昼を食べたとき、お父さんがお金を払ってくれた。それから娘は仕事、お父さんと私は家に帰りました。

10月25日（月）

【母と娘のLINE】

母　16：03　熱が下がって、病院の入口を無事通れて、Z先生の顔を見て、精神的に落ちついたんじゃないかな。鳥羽一郎のCDを聴きながら、久しぶりにパン買べておいしかったって

娘　16：14　診察終わって、先生にお礼を言っている時、お父さんちょっと涙ぐんでたもんね。お母さんからは見えなかったかな？

娘　16：15　寒かったし、体力無いし、疲れたんだろうね。お母さんも休める時は休憩してね

母　16：31　最近はすぐに泣くからね

お父さんは幸せだよね

東京に住んでいる私の親友がたまたま帰省したので、少しの間、娘にお父さんを任せてランチに行ってきました。私のストレスを見かねた娘が、「行ってきたら？」と背中を押してくれたからです。今振り返ると、あのときよく思い切って行けたなぁと思います。

10月27日（水）

【母と娘のLINE】

母　8：35　オハヨー、今日は体調良いみたい。朝、洗面所行きたいって言ってたけど、ベッドに座って歯みがきしました、身体も拭いて着替えして、ベッドで食事。青のりごはんと味噌汁と白菜漬け、完食したよ。ミカン食べたり、お菓子食べたり、今は新聞読んでいます

母　8：39　お昼は何がいいか聞いてみてね

娘　8：55　出掛ける前に聞いてみるね

娘　9：03　お父さん点滴はしてないのかな？

母　9：05　点滴はしてないよー。トイレは尿器かポータブルトイレかな

母　9：08　時々水分補給、声かけてね。いいって言っても、用意してあげると飲むから。ベッドの柵にストロー入りペットボトルがあるからね。食後の薬は青い皿に入れておくね

娘　9：11　トイレしたら、流しに行って洗えばいいんだよね？　私にしてもらうの嫌かな

母　9：13　だったら、そのままにして、ふたしておけば良いからね

娘　9：16　ランチ楽しんできてね

母　9：18　3時位には帰ってくるから宜しくね

娘　9：18　了解でーす
娘　11：12　お父さんは、お昼はお寿司だって。海苔巻きやあげずしや他のお寿司も入ってるのが良いって。何かしてあげるとすぐ泣いてるよ
母　11：15　前に、やってもらえると嬉しくて涙出るって言ってたよ
娘　11：16　嬉し涙なんかな⁉　どっか痛いのって聞いちゃうけどね
母　11：17　感謝の涙かな、ありがたいっていうね
母　11：20　母が同じようになったら誰がしてくれるんかな。そう思うと、お父さんの方が幸せだよね
娘　13：25　在宅ケアの人から電話あったよ。お母さんと連絡取れたって言ったから、電話あった？　明日の聖霊病院入院の件
娘　13：41　聖霊病院は10時までに行ってくださいって、在宅ケアの人から言われたよ

救急車でホスピスへ

在宅ケアのO先生が聖霊病院に連絡してくれて、28日（木）に入院できることになり、息子に車の運転を頼んでいました。でも当日は、救急車で行くことになった。朝、お父さ

んがベッドから立ち上がるのもままならないので、車に乗れないと思い、O先生に電話で救急車を呼んでもいいか聞いたら、OKと言われたから。病院にもその旨を連絡しました。病院へ到着すると、入口で医師、看護師さんが待機していて、お父さんはすぐベッドに乗せられ運ばれた。いろいろ検査してから、やっと病室へ移動するとき、私たち家族も一緒に行った。お父さんは疲れていたと思うけど、話はできました。

その後、お父さんがトイレに行きたいと言い、行ったらトイレで一瞬、意識を失ったみたいで慌てたけど、看護師さんがすぐ来てくれて大丈夫でした。

お父さんがベッドで落ち着いたのを見届けてから、みんなで帰るとき、

「下のレストランでお昼を食べてから帰るといいよ」

と、お父さんが言ったんだよね。

「そうする。じゃ、明日また来るね」

そう言って病室を後にしました。その後、お父さんからはLINEが来なかった。

10月29日（金）

【母から父へのLINE】

母　11：02　体調どうですか!?　救急車に乗った感想は？　逆走したり、赤信号でも走っ

たり、すごく早く病院に着いたね。もう病院にいるから安心できます
母　11：04　今日は2時～3時くらいに行く予定です。待ってて下さいね

一夜明けてまたＬＩＮＥを送っても返信なし。スマホを見ていなかったのかもしれないね。

一日だけの入院だった

私が病院へ行く準備をしていた昼頃、スマホが鳴り、電話に出ると、

「急変しました。すぐ来てください」

病院からの急報でした。すぐ娘と息子に電話したけど繋がらないのでＬＩＮＥを入れ、兄のくっちゃんにも連絡しました。くっちゃんは日曜日に、お父さんに会いに来てくれる予定だったからね。

10月29日（金）
【母と娘のＬＩＮＥ】

母　12：08　病院から連絡来た。すぐに来てって
母　12：23　急変したって
娘　13：06　いま地下鉄乗った
母　13：07　警備室で面会カード書いてもらって来てね。もう意識ない
娘　13：08　わかった、急いで向かうね

【母と息子のLINE】

母　13：22　病院から連絡あって病院に来ています。今はもう意識が無いかな。お姉ちゃんに来てもらうから、仕事終わった後でも来れたら来てね
母　14：53　今どこに居るの!?　お父さんキレイにして貰っています。談話室にいるからね、早くおいで！
息子　14：54　今から行きます

私が病院に着いた時、お父さんは眠っているようでした。

「声をかけてあげて下さい」

そう看護師さんに言われ、返事はなかったけど声をかけ続け、足を揉んだりしていた。

いつも私とお父さんの「整膚《せいふ》」というマッサージをしに来てくれていた旧友のUちゃんも駆けつけ、一緒に腕や足をさすってくれました。意識がなくても声は聞こえるんだって。私の声もお父さんに聞こえていたかな。

そのうち看護師さんが慌てた様子で先生を呼びに行き、急いでやってきた先生がお父さんの身体を調べ、腕時計を見ながら、言ったよ。

「13時53分、亡くなりました」

いつ逝ってしまったのか私には分からなかった。確かに息はしていない。だけど、まだ身体は死んでいないよね、温かいんだもの…………。

良い子たちに育ってくれてありがとう

お父さんが最期の時を過ごした病院はカトリック系で、院内にチャペルがあります。そこで午後3時から、お父さんの最後のお別れの礼拝をしてもらえました。たった一日の入院だったけど、関わってくれた先生、看護師さんたちみんながチャペルに集まって讃美歌を歌い、神父さんがお祈りを捧げてくれました。その後、ストレッチャーに横たわるお父さんが運ばれて正面玄関から病院を出るまで、廊下の両側にみなさんが並んで黙礼しながら温かく見送ってくれました。
　お父さんを乗せた車は、病院を出てそのまま愛昇殿（セレモニーホール）へ向かった。それからお通夜と告別式までの二昼夜、娘と息子が交代で愛昇殿に詰めて、お父さんに付き添ってくれました。娘たちはその間、お父さんが大好きでずっと聞いていたサブちゃんや鳥羽一郎さんの演歌のＣＤをかけ続けていたんだって。

【母と娘のＬＩＮＥ】

娘　22：19　いま、しん君と交代したよ。家にもどるね
母　22：47　ご飯は食べてね、お母さんはゆかりさんが作ってくれたおにぎり食べてます。明日も明後日もこれからずっと続くけど、出来ない事、助けてね。頑張るけど
娘　22：50　いまＪＲに乗ってるよ。おにぎり良かったね！　落ち着くまでバタバタだけど協力できることはもちろんやるよ！
娘　22：53　また明日朝、愛昇殿（セレモニーホール）に行って、しん君と交代するね！　役所に行く時、印鑑要るみたいだから忘れないようにね
母　23：06　もう用意したよ。夜遅かったけど、ケアマネさんにベッド（返却）の事お願いしたよ。みんなびっくりしてる

娘　23：12　みんな仕事が早いね、有り難いね

【母と息子のＬＩＮＥ】

母　22：56　今日は行ったり来たりで疲れたね。何かご飯も食べたかな!?　これから明日、明後日も当分いろんな事あるけど頼むね

息子　22：57　お疲れさまでした。まだ始まったばかりだから、協力して乗りきろう！

母　23：02　有り難うね。お父さんがしん君やゆかりさんが色々動いてくれるので助かるねって、いつも話していたよ。良い子供たちに育ってくれてありがとう♥

おわりに

私とお父さんの出会いは、ダンスパーティでした。お互い19歳で、若かったね。

当時、社交ダンスが流行っていて、よく若い人たちのダンスパーティがありました。私が会社の同僚の女性二人を誘って三人組で行き、たまたま男性三人組がいたので、一緒に踊った。社交ダンスは男女のペアで踊るけど、相手三人のうち私と踊ったのが、若き日のお父さんだった。それが最初の出会い。お父さんも会社の同僚と来ていたみたい。

その場の雰囲気で「また会えたらいいね」みたいになり、とりあえず連絡先を教えたけど、本気で考えてないよね。でも、そのとき踊った人から、あとで本当に電話が来ました。当時は家に黒電話が一台しかない時代で、かかってきたときたまたま受けたのも私です。

「またみんなで会いましょう」

と、誘われたけど、私以外の二人は、いいわと断ったの。

「ちゃんと約束したのに、なんで約束を守らない？」

そう言われ、若きお父さんにメチャクチャ怒られたんだよ、私が。仕方がないから私だけ会った。向こうもお父さん一人だった。それが初めてのデートになったのだけど、どこに行ったのか全然記憶にない。それに二人とも若かったので、そのうち別の人に気を引かれたりして、ずーっと付き合っていたわけでもなかった。

でも、私があるとき、失恋して、布団の中で泣いていたら、それを見た親が心配して、よく家にも来て知っていた若きお父さんに電話して言ったんだって。

「うちの娘をもらったってくれ」

そう言われた若きお父さんも、私自身も、これから新しい人と付き合うより、前からよく知っているから楽かな、と思ってしまいました。それでお互い24歳で結婚したんです。昭和49年10月、中日ドラゴンズの優勝パレードがあった日かな。その後に私たちの友人が企画してくれた結婚披露パーティをしたのが、ドラゴンズファンのお父さんは嬉しかったみたい。北海道へ行った新婚旅行の写真アルバムも大切にしています。

私たち夫婦の歴史はそこから始まり、やがて二人の子どもが生まれ、楽しい家庭を築けたよね。よく公園へ行って親子四人で本気の駆けっこをして、小さかった子どもたちの足を速くしたのが自慢かな。図書館に四人で行くことも楽しみで、お父さんも晩年まで図書館に通ったね。

お父さんの病気が分かってから、家族の意識が変わったと思います。前はお盆と正月にみんなで集まって食事するくらいだった。でも、あれから娘も息子一家もしょっちゅう家に来てくれるようになり、食事や遊びに出かけて、たくさん思い出ができたよね。あの最後の14ヶ月間が、一番夫婦で寄り添ったし、家族も結束しました。

お父さんが逝ってから三年間、私にもいろいろなことがありました。一番大きかったのは股関節の手術をしたことで、今も定期的にデイサービスへ行って運動機能訓練を続けています。私があまり動けない代わりに、友人たちが家に来てくれて、食事したり、美顔エステをしてもらったり、できる範囲で仕事もしたりして、意外と忙しい毎日を過ごしています。子どもたちも孫も元気だし、お父さん安心してね、と思っています。

私自身は50代から一念発起して介護の資格をとり、ホームヘルパー、病院のヘルパー、グループホームやデイサービス、それに介護研修講師の仕事と、人のお世話に関わる仕事をずっとしてきました。その経験をしてから、お父さんのお世話ができて、本当に良かったなと思っています。

これからの人生で私は、家族の闘病や介護で悩んでいる人の相談に、もっと乗ってあげたいと考えています。他人だからこそ話しやすいこともあるだろうし、私もそこから介護支援につなげるお手伝いができるかなと思うからです。

私がこの本で一番お伝えしたかったのは、家族の闘病や介護が必要になったとき、いろんな支援の方法がありますよ、ということです。

末期がんになって絶望して、でも家に帰りたい、どうしようとなったときに、本人も家族も救われる医療や福祉が今はあります。私もそのことを、身をもって知りました。それを知っていれば、在宅介護もそんなに難しく思わなくていいのではないかな。本人の希望をできるだけ叶えながら、家族も助かるのかなと思います。

そして、もし機会があれば、介護のことを少しでも勉強しておくと家族に何かあったときにベストな方法が分かるので、悔いが少ないかもしれないね。

私が今、元気にこれからのことを考えられるのも、お父さんのおかげかな。

お父さん、出会ってから約54年間ありがとう！　これからも家族を見守っていてくださいね。

最後に、主人の闘病中に大変お世話になった医療・介護サービスのみなさまに、改めてお礼を申し上げたいと思います。

・はなみずきクリニック院長の木村先生
・名古屋第二赤十字病院（現：日本赤十字社愛知医療センター第二病院）消化器内科の隈井先生、西病棟の看護師さん

・名古屋大学医学部附属病院消化器外科の水野先生、中島先生、清水先生、7階W病棟の看護師さん、地域連携・患者相談センターのみなさん
・なごや東在宅ケアクリニックの大江先生
・訪問介護ステーションもれっとの看護師さん
・ふうせん薬局上社店のみなさん
・名東区北部いきいき支援センターの職員のみなさん
・なごやかハウス希望ヶ丘のケアマネジャーの松井さん
・聖霊病院の緩和ケアの先生、ホスピス棟の看護師さん、神父のリーマンさん
・福祉用具を貸していただいたフランスベッド株式会社メディカル名古屋北営業所のみなさん

ほんとうにお世話になりました。ありがとうございます。

二〇二四年七月

広田雪子

著者プロフィール

広田 雪子（ひろた ゆきこ）

1950年、愛知県生まれ。
株式会社ニチイ学館介護研修講師。
介護福祉士。

もとみん家の絆ライン

2024年10月15日　初版第１刷発行

著　者　広田 雪子
発行者　瓜谷 綱延
発行所　株式会社文芸社
〒160-0022　東京都新宿区新宿1－10－1
電話　03-5369-3060（代表）
03-5369-2299（販売）

印刷所　株式会社エーヴィスシステムズ

ISBN978-4-286-25439-5